# 1998

## 中国国外退去始末記

中津 幸久

題字：あおのよしこ

# はじめに

記事を書くことをなりわいとし三十数年を過ごしてきた。この間、「ニュース」の当事者として書かれる立場になったことが一度ある。1998年10月7日の読売新聞朝刊2面に次のような見出しの小さな記事が出ている。

本社特派員を退去処分
中国「機密文書所持で」

業界用語でいうと2段組みの記事となる。(1)

ことの次第はこうである。

読売新聞中国総局（北京支局）の記者だった私は、1998年9月下旬から10月上旬にかけて、中国の諜報機関である北京市国家安全局による取り調べと自宅、事務所の自室の捜索を受けた。安全局側は、私が書いた数本の記事を取り上げて国家機密を違法に取得したなどとし、情報提供者を明かすよう追及した。

私は情報源の秘匿は記者の原則であると主張し、拒否し続けた。その結果、「国家機密の不法所持」など国家安全法違反を理由として、72時間以内の国外退去と5年間の中国への入国禁止を宣告された。私は同年10月6日に中国を出国し、帰国した。

同じ10月7日付の朝日、毎日、産経、日経、東京（中日）などの各紙にも同内容の記事が載った。AP、ロイター、AFPなど海外の主要通信社も報じた。

日本人記者が中国から退去処分を受けた例は過去にもあった。古くは1960年代の文化大革命期に日本人記者の追放が相次いだ。改革・開放後も、1987年5月に共同通信北京支局の辺見秀逸特派員が国外退去となっている。

それでも私の事案が国内外のメディアで広く取り上げられたのは、言論や人権問題への中国当局の対処の仕方が注目されていたからだろう。冷戦崩壊後、共産党一党独裁体制を堅持する国が少なくなるなかで、中国のこの方面のありようは、隣国である日本にとってはもちろん、国際社会にとっても関心事であり続けている。

私は、安全局側が当時、国家機密の取り扱いを問題視したのは表向きの理由であり、真の狙いは別のところにあったと考えている。

本書は、私が中国当局から国外退去処分を受けた経緯を振り返り、その原因や背景を探るとともに、中国共産党の言論統制や日本の中国報道について考えた内容を雑文風につづったものである。

できるだけ広範な層の読者に中国のこの辺りの事情を知ってもらいたいとの思いから、基本的なことがらの記述にも努めた。

私は、自身のこの体験を出版という形で公にする機会がなかったが、事案からちょうど20年となる２０１８年は35年余り在籍した新聞社を定年退職する年と重なり、時代の記録者たる記者の末席を汚してきた者として、この機会に、ささやかながらも書きとめておくことは無意味なことではないのではないかと考えた。中国特派員として上海を手始めに、香港、北京と駐在し、その後、中国専門記者として歩もうとしたもくろみは、この件もあって挫折した。その意味で、この事案は記者人生の転機になった。

５年間の入国禁止措置は〝時効〟になっている。中国当局が追及したわが情報源は、一時拘束されたが、法的処分は受けなかった。事案の背景にあったと想像する、かつての共産党指導者はすでに泉下の客となって10年を超える。

さらに、偉大な先達の次のような文章にも触発された。戦中、上海に赴き、戦後も上海の国民党中央宣伝部対日文化工作委員会に一年ほど抑留され、中国に関心をもち続けた人である。

むかしを知っている人は、日中双方ともに、それを直接には知らない世代とのあいだの切れ目を少しでも埋めておく必要があろう。そうすることが、少しでも長く生きた人々の（略）歴史に対する責任であろうと思う[2]。

おこがましくも、歴史に対する責任などと言えた筋合いではない。ただ、当時を思い起こし、中国の言論問題について考え、後人諸氏が同じ轍を踏まぬことを念じつつ、参考までに活字として残しておきたいと思った次第である。

1　新聞の1ページは横罫線によって上下十数段に区切られており、記事の大きさは見出しが占める段の数により2段組み、3段組みなどと呼ばれ、見出しの段数が多いほど重要な記事となる。

2　堀田善衞『上海にて』

# 北京1998——中国国外退去始末記——目次

# 第1章　事情聴取

# 白玉蘭賞

２０１６年６月初め、読売新聞上海支局の若い同僚から思わぬメールが届いた。上海市の対外折衝を担当する市外事弁公室から私に「白玉蘭賞（はくぎょくらん）」を贈りたい旨、連絡があったという。

白玉蘭はハクモクレン。上海市の市花で、市の象徴となっている。経済や文化、教育などさまざまな分野で上海に貢献した外国人を表彰する「白玉蘭賞」なる賞があったことが、記憶によみがえってきた。[1]それにしても、当方が上海支局にいたのは四半世紀も前のことである。

「平反（ピンファン）（中国語で名誉回復の意味）ということでしょうか」。同僚のメールには、私と中国との過去の特殊なゆきがかりを慮り、いぶかしむ文言が添えられていた。

何で今頃になってだろう。

不審に思って同僚が転送してきたメールの添付ファイルを開いてみて、合点がいった。上海市外事弁公室新聞文化処が同僚に送ったＡ４判１枚の中国語の公文書（２０１６年６月１日付）にはこうあった。

貴社の中津幸久先生は、１９９０年から１９９２年まで読売新聞上海支局に勤務し、その間、上海の改革開放と社会経済の発展状況について多くの報道を行い、両国人民の相互理解促進と友好往来に積極的な貢献をされた。そこで、上海市人民政府は１９９２年、中津幸久先生に白玉蘭記念賞を授与した……

同僚は市政府の文書をよく読まずに早とちりしていたのである。これから賞を贈るのではなく、かつて賞を贈った元上海駐在記者たちの近況を知りたいと、連絡先などを問い合わせてきたのだった。文書には「当時の仕事や生活について理解し、今後の白玉蘭賞の推薦・選定活動に生かしたい」とあった。

白玉蘭賞は上海の名誉市民賞のようなもので１９８９年から授賞が始まり、人民日報日本語版のウェブサイトによると、２０１６年４月現在、１３４４人の外国人に授与され、このうち日本人は２８５人だという。２０１４年には「上海白玉蘭会」と名付けた日本人受賞者の集まりができたことも分かった。

最近は大企業の現地法人代表らの受賞が多いようだが、賞創設当初は、どういうわけか上海駐在の日本人記者にも授与された。私が把握している限り、受賞した同業者は5人おり、第1回の89年は、後に作家に転身した朝日新聞の伴野朗氏、日本経済新聞の尾崎春夫氏、ＮＨＫの石川猛氏の３人に授与され、92年はＮＨＫの小澤幹雄氏と私の２人が受賞した。

上海支局の同僚のメールが届いてから5か月後の2016年11月、上海市外事弁公室新聞文化処の代表団が来日し、劉偉東(りゅういとう)処長ら6人と大阪市内で会食した。冒頭、劉処長が上海の概況について説明する。こうした場合、私の記憶にある中国の官僚は信じがたい記憶力を発揮し、メモを見ることもなく細かい数字などを交えつつスラスラとよどみなく何十分もしゃべるのだが、劉氏はデータを表示したスマートフォンの画面を見ながらやっていたのが今風でおもしろかった。

会食も格式張ったところがなく、いたってくつろいだ雰囲気で進んだ。こちらが「習近平さんの権力基盤が強まっているようですから、改革の推進にも期待できるのでは」などと水を向けると、「同感です。経済だけでなく、社会主義民主や自由にも期待したい」といった答えが返ってくる。国外にいる気安さもあってのことだろうが、習氏への期待感は高まっていると感じさせ、「社会主義」の枕詞つきながら民主や自由に言及するあたりは中国も変わったなと思わせた。

今一つ、彼らが接触してきた意図を解しかねたが、当方は、上海時代の思い出をひとくさり語り、求められるままに若い記者たちに望むことや外事弁公室への注文について差し障りのない程度に話した。相手側は翌年の気候のよい時期に上海に招待したいと告げた。

## 20年ぶりの上海

上海市政府からの招待話は半信半疑だったが、ほどなく正式の招待状が届き、２０１７年5月の大型連休中に上海訪問が実現した。招かれたのは、私といずれも元ＮＨＫ上海支局長の石川猛氏、小澤幹雄氏の３人だった。前年秋に来日した上海市の劉処長らは大阪から東京に移動し、同様の会合を石川、小澤両氏らともっていた。私にとっては、中国国外退去の前年、北京駐在中の１９９７年に訪れていらい、ちょうど20年ぶりの上海再訪となった。

4泊5日の日程で、かつて上海に駐在した日本人記者に最新の上海を見せようという趣旨かと思われた。スケジュールには、地下鉄運営会社の申通地鉄（しんつうちてつ）集団、高齢者養護施設、大手鉄鋼メーカーの宝山鋼鉄（ほうざんこうてつ）、森ビルが建設した超高層ビルの上海環球（しゃんはいかんきゅう）金融中心などの見学やかつての事務所スタッフ、友人、退職した外事弁公室職員らとの再会、現役の駐在記者との会食などが組まれた。

20年ぶりの上海の街は様変わりしていた。私が上海支局を離任した翌１９９３年に開業した地下鉄は今や14路線あり、総延長は約５５０キロにおよぶという。日本は私鉄やＪＲの路線が発達しているので一概に比較は難しいと思うが、東京の地下鉄だけを見れば、東京メトロと都営地下鉄を合わせて13路線、総延長約３００キロだから、それを上回っている。運営会社の社内にはテレビ用のスタジオが設けられ、毎朝7時45分から、テレビで運行状況に関する中継が行われている。

　当時はがらんとした更地にすぎなかった黄浦江（こうほこう）の東側、浦東（ほとう）地区は高層ビルが林立し、香港やシンガポールの繁華街と変わらない。案内してもらった森ビルの担当者によると、市内の16階建て以上のビルは15万棟に上り、東京の１１００棟をはるかにしのぐ。２００8年に竣工した同社の上海環球金融中心は地上１０１階、高さ４９２メートルで、１００階にある展望台から外を眺めると、雲がはるか下に浮かんでいた。

## 上海テレビに出演

　驚いたのは、直前になって、地元テレビ局の上海テレビへの出演が急きょ決まったことだった。上海テレビの外国語チャンネルで毎週日曜午後7時から日本語で放送している「中日新視界」という番組で、中国で唯一の日本語の番組とのことだった。

　私と小澤氏がスタジオで日本人キャスターとやりとりする場面が収録されたのだが、渡された台本は、我々が駐在当時の思い出を語り、現在の上海の変貌ぶりを強調するような内容だった。収録に先立ち、上海テレビのクルーは我々の上海市内視察の模様を行く先々でカメラに収めており、その様子と昔の映像を交えた番組は5月28日に放送された。

どうやら、我々が招待されたのは、この番組収録が最大の目的ではなかったかと思えてきた。この年は１９７２年の日中国交正常化から45周年に当たっていた。一杯食わされたという気もしないではなかったが、節目の年に、自身が携わった日本の中国報道の一端が中国のテレビで取り上げられる企画自体は拒む理由もなかった。

上海テレビの番組に出演した筆者
（ウェブサイトより）

上海滞在中、市外事弁公室のナンバー２に当たる傅継紅（ふけいこう）副主任が主催する歓迎宴が古いホテルとして知られる瑞金賓館（ずいきんひんかん）の中華料理店で開かれた。瑞金賓館は租界時代の１８２０年代にイギリスの商人によって建てられた別荘風の建物４棟と広大な庭園からなり、中国建国後の一時期、要人の宿泊施設として使われた。今は高級ホテルのインターコンチネンタル・ホテルが入り、かつての建築を生かしながら運営している。

一行３人の当時の支局はホテルに隣接する瑞金大厦（ずいきんたいか）(2)というオフィスビルにあった。赴任直後は、日本から送った荷物が届くまで瑞金賓館に滞在する者もおり、私も上海赴任時、最初の数日をここで過ごした。馴染みのあるホテルに宴席が設けられたのは、上海市側の気配りかと思われた。

傅継紅副主任は気さくな性格で話が弾んだ。私は外国人記者条例が北京オリンピックに合わせて緩和されことを取り上げ、取材の自由化が進むのかどうかと聞いてみた。傅副主任は「今は取材される側の同意があれば取材活動ができます。格段に自由になりました」と力強く答え、規制の緩和をアピールしたいようだった。

しかし、当局者の言い分とは裏腹に、上海テレビを訪れた際は、言論をめぐる締め付けが強まっていることをうかがわせた。日本を発つ前、番組の収録に関して滞在当時の話をうかがいたいとの要望が伝えられており、テレビ局での事前の打ち合わせでは、私の上海駐在が始まったのが天安門事件の翌年で、まだ拘束中の人もおり、張り詰めたような緊張感があったなどと話すと、テレビ局の担当者は慌てて「天安門事件には触れないでください。（言論統制が）ますます厳しくなっているので」と注文をつけた。

２０１７年10月の第19回共産党大会開催まで半年を切った時点でのことであり、重要行事の前後には統制を強めるのが共産党の常であることを思えば、習近平（しゅうきんぺい）政権が２期目に入る節目の大会を控え、安定を最優先し、メディアに対する検閲を強化しているようだった。また、天安門事件から28年となる６月４日が１か月後に迫っており、例年、関係部門が不穏な動きに目を光らせる時期にも当たっていた。

それにしても、今回、上海市当局が当方を招待したことをどうとらえるべきか、判断しかねた。中国特派員として過ごした１９９０年代、上海では「日中友好」に貢献したとして賞をもらい、北京では〝非友好〟的な取材活動をしたとして国外退去となった身である。

もっとも、５年間の入国禁止という時限措置は過去のものとなっている。過ぎ去った些事など関知せずという大国的な度量を見せたというべきか。そのあたりのことを確かめたいという思いもあって招待に応じたが、先方は何ら示唆するような素振りは見せず、こちらもさすがに確認するのを躊躇した。あるいは、上海市側は私の北京でのいきさつをまったく承知していないのではないかということも頭をよぎったが、諜報機関が羽振りをきかす国にあってさすがにそれはなかろうと思い直した。

いずれにしろ、久しぶりに上海を訪れてみて感じたのは、当局による言論統制が一段と強まっているらしいということだった。それは共産党政権の一貫した体質であり、私自身が20年前に北京で体験した出来事が脳裏によみがえってきた——。

## 北京への道のり

大学時代、当時は全国に一つしかなかった「総合科学部」という珍しい学部に籍を置いた。そこで、「地域研究」を専攻し、第1外国語に中国語を選択したことが中国とかかわるきっかけとなった。漠然と、新聞社の中国特派員を志した。

国際報道を担う部署は大手新聞社の東京本社にしかない。そうした道が開けそうなところの採用試験をいくつか受けた。面接まで残った社もあったが、ことごとく不採用となった。

関西の新聞では、その方面の見込みは薄かったが、幸い、読売新聞大阪本社に引っかかった。1983年春、初任地の岡山の支局に赴任した。警察担当のサツ回りや司法担当を経て、開通したばかりの瀬戸大橋の本州側の起点にある通信部にいたとき、思いがけない電話が大阪本社の直属の上司である地方部長から入った。受話器の向こうでドスの効いた関西弁が告げた。

「東京の外報部に異動や」

入社から6年半がたっていた。当時、読売新聞東京本社の国際報道担当部は外報部と呼ばれていた。この名称が外部の人には分かりにくいという理由で、数年後、現在の国際部に変わった。

あきらめかけていた中国報道に携わるという希望が急に現実のものになりかけた。1989年11

月１日付で東京本社外報部員になった。同じ読売ながら、大阪と東京は本社が異なり、今も採用試験を別々に行っている。辞令上は「出向」扱いだった。

東京本社外報部の新人は内勤として修行を積むことになっていた。中国語をやっていたとはいえ、国際報道の現場では英語が主流であることを改めて実感した。

新聞社はロイターやＡＰ、ＡＦＰなど世界の主要通信社と契約し、英文記事の配信を24時間受けている。今はパソコンの画面を見ながら、それらの記事をチェックしているが、当時は、通信社ごとに「チッカー」と呼ぶ、ロール紙に記事を印字して刻々とはき出す機器が置かれていた。まだ健在だった旧ソ連のタス通信のものもあった。冷戦が終焉する頃で、ベルリンの壁崩壊やルーマニアのチャウシェスク大統領夫妻処刑といった大ニュースが飛び込んできた。職場には秒刻みで至急電を打ち出すチッカーが四六時中、まさに「チカチカ」と音を立てていた。

チッカーが打ち出す外電の英文記事を速読し、即座に要点をつかむ能力が求められる。重要ニュースの部分を引きちぎって速報を作ったり、各国に駐在する特派員が送ってくる原稿を補ったりするのが内勤の主な作業だった。世界的な重大ニュースであれば、通信社電を翻訳してつくったわずか10行程度の記事が堂々と新聞の１面トップを飾ることもある。

当時の泊まり勤務は、時差の関係で眠ることができず、チッカーのチェックや海外支局とのやりとりをする不寝番だった。朝方には睡魔に襲われた。雑事にかまけていると、記事が印字されたチッカーの紙はトイレットペーパーを伸ばしたように数メートルに達した。

どうにか10か月ほど内勤をこなし、翌1990年8月、晴れて上海支局に配属となった。2年余りで香港支局に移った。いったん帰国して古巣の大阪本社の政経部（在籍中に経済部に名称変更）で商社や繊維業界の担当をした後、再び東京本社に「出向」し、1996年8月、3か所目の海外支局となる北京支局に勤務することとなった。中国への赴任と香港への異動はなぜか夏ばかりだった。汗だくになりながら船便の荷造りに追われた思い出が残る。

北京の生活も2年がすぎて馴染んできた頃、その〝事件〟は起きた。

## 北京市国家安全局

今から振り返ると、それは入念な準備をしたうえで、絶妙のタイミングを見計らって着手されたように思われた。

1998年9月27日。

中国の建国記念日である国慶節（10月1日）まで4日に迫っていた。その日の北京は、空高く、空気が澄み、画家の梅原龍三郎が日中戦争中に描いた「北京秋天」(3)を連想させた。午後3時すぎ、私は約1週間のチベット自治区への出張取材から北京空港に戻った。

出張取材は中国外務省が北京駐在の日本の報道機関を対象に募ったもので、参加したのは十数人程度だったろうか。

当時の中国は今より取材の自由が限られていた。北京に駐在する日本の報道機関は、ふだんは行くことが難しいか、その機会の少ない土地への取材ツアーを中国外務省に申し入れ、外務省職員の同行のもとで合同取材を行う慣例があった。

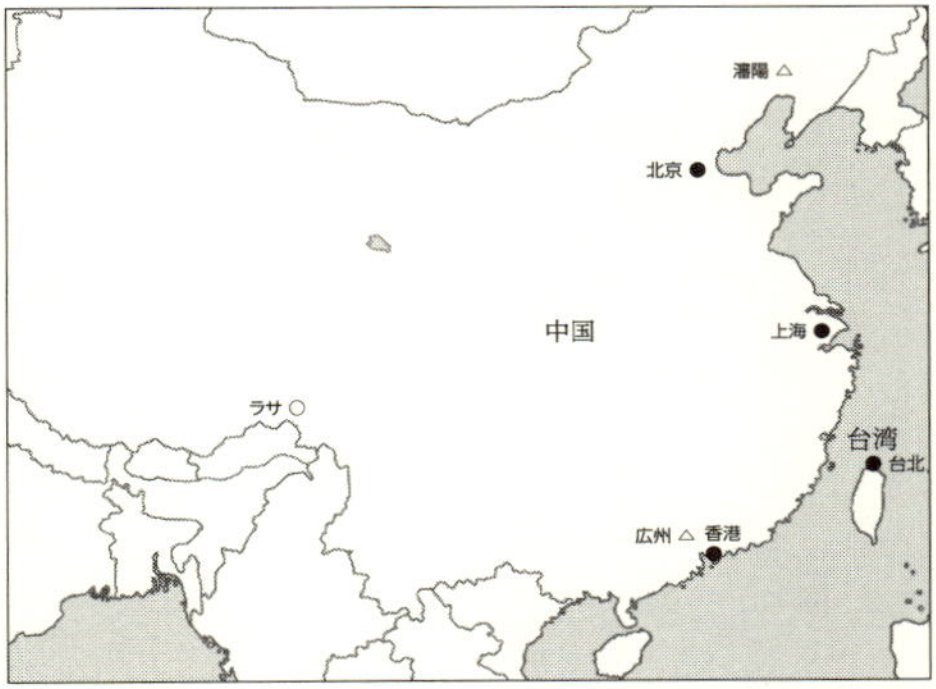

１９９８年当時の読売新聞の中国・台湾取材拠点（●印）と
その後追加された取材拠点（△印）

年1回程度行われた中国外務省主催の取材では、チベット自治区のほか、新疆ウイグル自治区や北朝鮮国境に近い吉林省延辺朝鮮族自治州、ベトナムと国境を接する広西チワン族自治区などが候補地に挙がった。

取材できる内容は、公表されている範囲を出なかったが、外国人の出入りが制限されている未開放地区であれば、現地に入れるだけでもメリットがあったし、個別に取材を申し込んでも応じてくれる可能性の低い地元の幹部が会見に出てくる場合もある。それなりの収穫は期待できた。

私にとっては初めてのチベットだった。現地の風土との相性が悪かったと見えて、自治区の区都ラサに入った直後から激しい頭痛や吐き気など高山病特有の症状に悩まされた。それだけに、住み始めて2年余りがたっていた北京の空港にもどった時は、安堵感からか、疲れが一気に増したように感じた。

スーツケースを引きずりながら、空港の駐車場に向かう。いつも行動を共にしている支局の中国人運転手S君が迎えに来ていた。笑顔で荷物を受け取ってくれる。

車に乗り込もうとした。異変が起きたのは、その時だった。

それまで、ゆったりと流れていた日常の映像が、突如、早送りされたように、見ず知らずの男3人がパタパタとすさまじい勢いで視界に現れ、行く手をさえぎられた感じだった。


「中津さんだな」

そのうちの一人が中国語で声をかけた。「先生（さん）」という敬称をつけてはいたが、言葉尻に問い詰めるような凄みがあり、どの目も威圧するようにこちらをにらんでいる。殺気だった雰囲気が漂っていた。

「そうだが」

気圧されながらも答えると、男たちは諜報機関の北京市国家安全局の者だと名乗った。「拘伝」と書かれた強制捜査令状を示し、取材活動で違法行為があったので調べるという。有無を言わせず、腕をつかんで近くに止めてあった黒い乗用車に押し込まれた。車はトヨタのクラウンだった。

後部座席の中央に座らされ、両側に１人ずつ、助手席に１人が乗り込む。呆気にとられている支局の運転手Ｓ君を駐車場に残し、車は北京中心部に向かって走りだした。日本で同様の事態が起きたのなら、運転手から支局関係者に直ちに情報が伝わるはずだが、そこは中国の特殊性というべきか、そうした状況にいたった形跡はなかった。国家安全局が何らかの細工をしたに違いなかった。

「これは法律に基づく捜査であり、詳細は後で別の者が説明する」

車中で事情を説明するよう求めると、こう返答があっただけで、後は沈黙が続いた。何のための捜査なのか。国家安全局が動く原因となりそうなことがなかったかと思いを巡らせた。緊張で体がこわばるのを感じた。

チベットから帰った直後だっただけに、まず頭に浮かんだのは現地での行動だった。高山病に苦しみながらも、体調不良を理由に、当たり障りのない取材が設定された公式日程の一部を休み、単独行動をとったこともあった。

ラサ中心部でチベット族の市民や僧侶と接触した。インドに亡命しているチベット仏教最高指導者ダライ・ラマ14世についての思いを聞いたり、市民が保管しているダライ・ラマの写真をもらったりした。

カバンの中には、当局にとって好ましくないと思われる写真を撮影したフィルムも数本入っていた。そうした行為をとがめられれば、所持品の中に証拠は十分にある。中国では取材活動が規制されていたから、素直に自分の行動を認めるしかない。そう心に決めた。

思い返せば、北京空港に到着した時から奇妙だった。

ラサで北京行きの航空機に搭乗する際に預けた荷物が、北京空港の手荷物受け取り所にあるベルトコンベヤーの上になかなか出てこない。次々と荷物が取り上げられて少なくなっていく。最後に見慣れたスーツケースがぽつんとベルトコンベヤーにのって流れてきた。空港ターミナルビルから駐車場に出たときには一緒に取材に出かけた他社の記者たちは早々に空港を離れていた。

荷物の受け取りに時間をかけさせることで、私が一行から離れて一人になるよう画策したようだった。そうすれば、同行者の目に触れることなく連行できる。

チベット帰りという疲労がたまった最中にこうした事態に遭遇したのも偶然ではないだろう。この日は日曜日でもあり、北京支局をはじめ多くの職場が休日だったことも計算に入れての行動だったに違いない。

取材旅行には複数の中国外務省職員が同行したが、彼らも国家安全局の動きを知らされていなかった。この時点では、外国人記者を所管する中国外務省には安全局から何の情報も入っていなかったことが後に判明する。

私を乗せた黒色クラウンは、北京空港と市街地を結ぶ機場路（空港路）を市内に向かって走った。当時のこの道は、今の現代的な高速道路と違い、両側に巨大なポプラの街路樹が等間隔に植えられた素朴な舗装道路で、畑が果てしなく広がる華北特有の農村地帯をほとんどまっすぐに延びていた。車道を荷馬車が普通に行き交い、のどかな風情があった。北京で好きな風景の一つだったが、その時は景色を眺めている余裕はない。

車は北京市街地の北東部にある建物の敷地に入って止まった。その直前、車内から、今もある外資系高級ホテルとショッピングセンターが見えたのを覚えている。

建物はプレハブ造りの簡素な2、3階建てで、工事現場の事務所のような感じだった。中国の役所によくある、組織名を誇るように大書した表札はなく、一見しただけでは何の建物か不明だった。

正体を隠した北京市国家安全局の非公式の取調室、秘密のアジトのような場所かと思われた。

ここに連れて来られるまでの沿道の様子から周囲は職場に近く、比較的馴染みのある場所であることがわかった。外国報道機関の北京事務所は、市内に何か所かある外交公寓（がいこうこうぐう）（外交官アパート）に設けることが決められていた。外交官や外国人記者の住居と定められていたところである。近くには各国の大使館が多かった。

国家安全局は、この後、事情聴取のために何度か呼び出しをかけてきたが、行き来の便宜のために、市内に数か所あるアジトの中で私の職場に近いところを選んだものと思われた。自宅もそう遠くはなかった。

## 事情聴取1日目

通された1階は殺風景な部屋ながら、意外に広かった。30畳ほどもあっただろうか。壁を背にした正面に長机があり、それと向かいあうように部屋の中央にイスが一脚ぽつんと置かれていた。そのイスに座るように促された。長机には男3人が着席し、こちらと対面する形になった。両側の2人は空港から同行した男だが、真ん中の男はここで初めて登場した。リーダー格らしいその男が口火を切り、取り調べが始まった。両側の男は調書を取る担当と、役割分担が決まっているようだった。

「おまえは北京滞在中、違法に国家の機密を入手して報道した。そのための捜査である。協力すれば、たいした問題にはならない」

（チベットが問題ではないのか？）

こちらはチベット絡みだと思い込んでいただけに、拍子抜けするとともに、予想外の展開となったことで逆に緊張が増す。実は、退去処分を受けて帰国した後、原因をチベットと絡めて雑誌などに書かれたことがあった。そのことは後で触れたい。

「北京滞在中」ということは、かなり長期に及ぶ話になる。内部情報を記事にしたことはあったが、当局が問題視しなければならないほどの重大な「機密」を報道したという認識はなく、これまで外国メディアが報じてきた内容と大差はないと思っていた。

安全局側は続いて、身分を明らかにするように求めた。問われるままに氏名、生年月日、職業、家族構成などを答える。

３人の取調官の中には日本語を解する者がいるに違いなかったが、取り調べでは日本語は一切使われず、やりとりはすべて中国語だった。

チベットから携えてきた荷物のスーツケースとショルダーバッグを開けるようにと取調官がいう。衣類まで1点ずつ点検し、未現像フィルム5本、カセットテープ3本、チベット関連資料などが押収された。当時はまだデジタルカメラやICレコーダは普及していなかった。

現地で入手したB5判大のダライ・ラマ14世の写真は押収されなかった。これで、取り調べの狙いがチベットに関わるものではないことがはっきりした。

「おまえは何を取材源にしているのか?」と取調官がいきなり聞いてきた。

「主に新聞や雑誌である」と私が答える。

「どんな新聞、雑誌か?」

「主要な新聞、雑誌は事務所で定期購読している」

「どのような人間と行き来があるのか?」

「企業関係者、各国大使館員、マスコミ関係者、香港や台湾の知人などさまざまだ」

「名前は?」

「多すぎてとっさには言えない」

「マスコミ界ではどうか?どんな新聞の関係者と付き合っているのか?」

「人民日報、光明日報、工人日報、中華工商時報、中国改革報、中国経済時報、中国市場報……」

新聞社の海外特派員にとって、現地の新聞は重要な情報源である。１日の仕事は新聞を読むことから始まるといっても過言ではない。

中国の場合、新聞の数が多いのと、言論が統制されている中でも、90年代以降は、大衆紙も生まれ、政治と無関係のおもしろい話題ものが載ることもあったため、北京支局では多くの新聞を購読していた。毎朝出勤すると、各支局員の机の上に十紙前後の新聞の束が置かれていた。このため、新聞名がすらすらと口から出た。

取調官は、例えばだれがいるのかと、具体的な名前を挙げるよう畳みかけてきた。このあたりから、相手の狙いがぼんやりと輪郭を現し始める。

中国の新聞社の中には何人か定期的に情報交換している知人がいた。そうしたやりとりを踏まえて書いた記事のいずれかが、虎の尾を踏んでしまったということだろうか。

私は、東京駐在経験のある国営新華社通信や共産党機関紙「人民日報」の記者数人の名を答える。彼らは多くの日本人記者と交流があった。

## 4本の記事

だが、取調官は追及の手を緩める気配がない。さらに、個別の新聞社名を挙げては、交流のある編集者や記者の名前を言うようにと求めてくる。こちらは、それに答えるといったやりとりが続いた。

突然、取調官が読売新聞の記事のコピー4枚を取り出し、見るように促した。

「これは、おまえが書いた記事だな？」

中国当局が毎日、外国人特派員の書いた記事を細かくチェックしていることは想像していたが、いざ、見覚えのある記事のコピーをそろえて差し出されると、監視下に置かれていたことを改めて悟らされ、背筋が寒くなる思いがした。

確かに、4本とも1996年8月の北京赴任後、私が書いた記事だった。記事の掲載時期は、96年10月から98年6月までと、1年8か月の幅があった。

指摘された4本の記事を掲載の日付順に見出しを並べると次のようになる。

「尖閣」問題で対日批判に歯止め／中国当局が内部通達　関係悪化を懸念（1996年10月7日

付）

中国、造反新聞を統制へ／全国２０００紙中３分の1を年内に停刊（１９９７年1月5日付）

政治安定求め文書伝達／中国共産党　デモ頻発を警戒（１９９８年4月17日付）

「天安門」再評価求め公開書簡／趙紫陽前総書記が党中央に送付へ（１９９８年6月24日付）

最初の１９９６年10月7日付の記事の概略は次のような内容だった。

中国共産党は同月上旬、領有権をめぐって日本に対する批判が高まっていた尖閣諸島（中国名・釣魚島）問題に関し、中国内で過激な批判が起きることを抑えるため、党中央文書を中央政府の各省庁や地方省政府に伝達した。

この中で、①尖閣諸島問題に関するマスコミ報道は新華社通信に従う ②尖閣諸島に対する中央の態度は明確 ③香港の一部の人々が批判を激化させ中日関係を破壊するのを防止 ④在北京日本大使館への抗議など民間の抗議行動は許可しない ⑤経済建設を最優先する ⑥政局の重点は97年の香港返還――の6点を認識すべきことを求めた。

その背景には、対日関係の悪化が国際環境の不安定化を招き、優先したい国内建設に悪影響をおよぼすことを避けたいという思惑があるとみられた。共産党は尖閣諸島の領有権は自国に属すとの立場は堅持しつつ、抗議行動がエスカレートすることに神経をとがらせていた。

当局は、97年7月の香港返還を順調に成し遂げることを当面の最大目標に掲げるとともに、その年に予定された第15回党大会を控え内政固めの正念場を迎えていた。こうした目標を乗り切るためには、日中関係を含む良好な国際関係が不可欠であると判断し、尖閣問題で激しい抗議活動が起き大局が揺さぶられる事態に発展するのを警戒していた――。

尖閣諸島をめぐって、96年当時、日本の政治結社が島に灯台を設置したことに対し、中国、香港、台湾で反発の声があがっていた。9月以降、香港や台湾の抗議船が島に近づき、一部の活動家が上陸して中国の五星紅旗、台湾の青天白日満地紅旗を立てるなどした。また、香港の活動家が海に飛び込んで死亡する事件も起き、反日世論を高めた。

中国政府は、尖閣諸島の領有権問題で強硬な言動を繰り返している2000年代以降とは対照的に、1990年代後半は、過度の対日批判には神経質になっていたのである。まさに、当時の中国は日中関係を含む良好な国際関係を必要としていた事情があったのであり、その後の外交政策の転換が鮮明に浮かび上がってくる。

もっとも、日本に対して強硬姿勢をとるのは、大衆の愛国感情に訴える側面もあり、政権の権力基盤が弱体であれば強硬さの度合いは高まる傾向がある。2018年は日中平和友好条約締結から

40年となるが、８月に中国当局が中国漁船に対し尖閣諸島周辺での操業を控えるよう通知したと、伝えられた。下半期に安倍晋三首相の訪中が予定されるなど関係改善の機運が盛り上がっていたことに加え、習近平政権の基盤が強化されていることも背景にあると考えられる。

国家安全局が指摘した４本の記事であるが、尖閣関連記事と同様、ほかの３本の記事も情報源を「消息筋」などとして非公式情報をもとに、その情報が信頼に足ると判断して書いたものだった。「クレジット」と呼ぶ、すみ付きパーレン【】でくくった記事の発信地と筆者名を示す部分は、前の３本が私の実名入り、最後の１本は【北京支局】として、取材源への配慮から書き手をぼかしていた。

## 「協力すれば穏便に済ませられる」

このあたりから取調官の口調が詰問調に変わってきた。

「記事は、今名前を挙げた者たちから得た情報をもとに書いたものか？」

「前のことでよく覚えていない」とはぐらかすと、取調官が語気を荒げた。

「いいか、これらの記事に書かれている内容は中国の機密だ。おまえは国家機密を違法に入手し、罪を犯したのだぞ。反抗すれば結果がどうなるかわかるか？ただし、われわれに協力してくれれば穏便に済ませられる。消息筋とはだれなのか？」

4本の記事のうち、1本目と3本目「政治安定求め文書伝達」の2本は、党中央文書、つまり、共産党中央委員会の文書をニュースソースとしている。

後者は、デモが頻発していることを受け、社会の安定を保つよう中央政府各省庁や各地方政府に通知したとの内容である。非公開文書とはいえ、この程度の内容であれば、過去にも香港メディアや外国メディアが伝えてきたものだ。

これらの文書は実際に見たり、所持したりしたものではなく、取材相手から口頭で伝えられた内容を聞き取ったものだった。

一方、2本目の記事は、暗に政府を皮肉るなど共産党の報道指針に従わない新聞が多数に上っており、それらを停刊処分にするという話である。共産党が繰り返している報道統制の常套手段で、たいした「機密」になるとは思えなかった。最後の趙紫陽（ちょうしよう）前総書記（当時）の公開書簡にいたっては、そもそも個人の書簡であるうえ、「公開」であれば「国家機密」になりようがない。なお、この記事には趙紫陽を撮影したスナップ写真が付けられていた。

私は北京市国家安全局の要求をきっぱりと拒んだ。

「情報源は言えない」

「なぜだ！」

取調官がいらだっているのが、表情と声のトーンからわかった。中国においては、報道機関は完全に共産党の統制下にあり、当局が報道内容に介入するのは至極当然の理である。にもかかわらず、我々に楯突くとはもってのほかとでも言いたげな口ぶりであった。

報道の自由が保障されている国においては、報道機関への情報提供は、提供者と報道機関の信頼関係があって初めて可能となる。報道機関側は情報提供者が不利益を被らないように秘密を守ることが前提となる。それは、国家権力の不正を暴くような情報であれ、街の小さな話題であれ、変わりはない。

情報提供者との信頼関係を築けないようなら、それは報道機関とは言えない。「情報源の秘匿」は日本で報道に携わる者にとっては常識である。

私は繰り返した。

「それは新聞記者の原則である。情報源を明かすことはできない」

しかし、この原則は報道の自由が保たれている社会では通じても、言論統制が恒常化し、「メディアは共産党の喉舌（こうぜつ）（ノドと舌＝宣伝機関）」と位置づけられている中国ではそもそも通じようがなかっただろう。この後、「言え」「言えない」の押し問答がしばらく続いた。取調官はしびれを切らせたらしく、いまいましげに宣告した。

「協力してもらえればすぐに済んだのだが、おまえの態度が悪いから次の行動に移る。今から自宅と事務所の捜索をする」

面子を重んじる中国にあって、「態度が悪い（表現不好）」という中国語の言い回しが、政治的に使われた場合、相当の重みをもつことを、私はそれまで上海、香港、北京で経験した中国人社会での生活の中で感じ取っていた。つまるところ、「態度」が良いか悪いかの尺度を決めるのは、共産党であり、党の指導なり、規範なりと相容れない言動があれば、「態度が悪い」というレッテルを張られることになる。それは政治的に大きなマイナス点となるのであった。

## ガサ入れ

私が当時住んでいたのは、建国門外（けんこくもんがい）外交公寓（外交官アパート）だった。中国総局（北京支局）から南に約3キロ、東西に走るメインストリートの長安街が西から天安門広場を通過後、約2キロ東で建国門外大街と名を変える大通りに面したところにあった。その頃はアメリカ大使館や日本大使館も近くにあった。

１９９８年9月27日午後5時頃、男7人、女1人の計8人の北京市国家安全局員と私は車2台に分乗して、妻と長男が住む自宅に向かった。出発前、事前に家族と同僚に電話で連絡を取りたいと申し出てみたが、拒否された。

かつて事件担当の駆け出し記者だった頃、警察のガサ入れ（家宅捜索）に何度か同行して取材したが、まさか自分の家が、その対象になろうとは思いもしなかった。

自宅のベルを鳴らすと、1週間ぶりに出張から戻った私を出迎えた妻は、8人もの未知の中国人が出現したことで呆気にとられている。手短に事情を説明した。北京にいる以上、起こり得ることを話してあったので、状況を飲み込めたようだった。2歳9か月だった長男は、久しぶりの父親との再会にはしゃいだ。

旧ソ連の技術者が建設したという外交官アパートは、居間と寝室2室、台所、バス・トイレという間取りで、各部屋が異様に広かった。北京の厳しい冬の寒気に備え窓はすべて二重窓になっていた。それでも黄砂が舞い込み、掃除した翌日にはテーブルの上がザラザラになった。湯が出なくなったり、トイレの水が止まらなくなったりするのは日常茶飯事だった。

家宅捜索が始まった。こんな作業は四六時中やっているからなのだろう、安全局員たちは朝飯前といった手慣れた様子で食器棚の奥まで調べていく。

念入りに捜索されたのは、私が書斎として使っていた寝室の1つで、書棚の本を1冊ずつ点検し、机の引きだしの内容物を細かくチェックした。

撮影担当もいて、家宅捜索の間中、テレビ局が使うような大型のビデオカメラを回していた。メンバーに女性局員が加わっていたのは、妻と長男の監視役だとわかった。無表情のまま母子を見張り続けた。

自宅の捜索は2時間ほどで終わった。押収されたのは、メモ帳約10冊、取材ノートと手帳がそれぞれ2～3冊、システム手帳と大学ノートに分けて書いていた住所録各1冊だった。最後に押収品を記したリストを見せられ、サインした。

## 読売新聞中国総局に捜索が入る

私の自宅に対する家宅捜索を終えた北京市国家安全局の一行は、車で10分程度の読売新聞中国総局に向かった。女性局員だけが、妻と長男を監視するため自宅に残った。当時の読売新聞中国総局は、北京市国家安全局のアジトと覚しき建物からさほど遠くない塔園(とうえん)外交公寓にあった。事務所は「北京支局」から「中国総局」に名称変更してひと月もたっていなかった。門には武装警察官が警備に立ち、出入りする者を24時間監視していた。カナダやオーストラリアの大使館が近かった。

北京市国家安全局が読売新聞中国総局の捜索に入ったのは、１９９８年9月27日午後7時15分頃である。無論、事前通告はない。

この日は日曜日だったが、たまたま総局にいた先輩記者の中国総局長に捜索令状が提示された。この時点で、事態が読売側に伝わることになる。総局長は捜索を拒否する権利があるかと聞き、拒否権はないと伝えられた。

当時の中国総局は総局長と私、後輩記者の３人体制だった。ほかに助手と呼んでいた現地スタッフが３人、運転手が３人いた。後輩記者も間もなく現れ、捜索に遭遇することになる。

現地スタッフは日曜日のため休んでいた。繰り返しになるが、国家安全局が捜査着手にこの日を選んだのは、可能な限り、人目に触れるのを避けたかったからであろう。

その頃の読売新聞の中国取材網は、北京３人のほか、上海１人、香港２人の６人体制だった。香港は97年の中国返還に備えて増員されていたが、返還が完了したことを受け、私が北京を去った直後、台湾に台北支局が開設され、香港の１人が移った。現在は、北京が経済記者、写真記者を加えた5人、上海支局が１人、北朝鮮問題も取材する遼寧省の瀋陽支局が１人、広東省広州支局兼香港支局１人、台北支局１人の９人体制に拡充されている。

中国総局も外交官アパートの一角にあったから、自宅と同じようにだだっ広いつくりで、原則として各記者に執務のための個室が一室ずつ割り当てられていた。

捜索は私が使っていた部屋だけが対象となった。安全局員は本や書類を中心に調べた。自宅の家宅捜索と同様に、捜索の様子はビデオカメラで撮影された。

中国総局の捜索にも約2時間が費やされた。押収されたのはメモ帳約10冊、取材ノートと手帳がそれぞれ2～3冊、住所録、名刺、原稿作成に使っていた個人用のノートパソコンと会社から貸与されていたワープロなどだった。知人からもらった趙紫陽前共産党総書記（肩書きは１９９８年当時）、万里（ばんり）元全国人民代表大会常務委員長（国会議長）ら共産党指導者のプライベートなスナップ写真もあった。その後、押収物の大半は返却されなかった。名刺は就職後に取材先などからもらった数百枚が戻らず、多くの方々との貴重な連絡手段を失った。

押収物の中には、執務室に置いていた共産党中央文書、国務院弁公庁文書などの内部文書が含まれており、「国家機密の不法所持」とされたようだ。これら文書の押収に関しては、いささか不本意に思う点もあった。自宅の捜索と同様、押収品リストに署名した。

1　同名の「白玉蘭賞」が中国最大級の上海電視節（テレビ祭）で優れた番組を対象に授与されているが別物である。

2　上海市茂名南路２０５号。１９９０年代初めは最新のオフィスビルだった。住宅が併設され、報道機関では読売新聞、東京（中日）新聞、共同通信、ＮＨＫが入居していた。

3　梅原龍三郎（１８８８〜１９８６）の１９４２年の作品。

# 第2章　国家機密

## 国家安全局のねらい

それにしても、北京市国家安全局はなぜ私を取り調べたのだろうか。

安全局が関心を示した記事4本のうち、3本は知人の中国人B氏から情報提供を受け、それをもとに記事に仕上げたものだった。残りの1本は別の筋からの情報提供だった。

その頃、音信不通となっていたB氏は、9月初めに拘束されたと香港紙が伝えていた。1989年の天安門事件の際にも民主化運動に加わり拘束された経歴の持ち主である。中国では「敏感な人物」と言われる部類に入るだろう。現地のいくつかの新聞社を渡り歩いてきたジャーナリストだった。

今回のB氏の拘束理由は不明だが、これまでの経緯からして民主化運動に関連する事案と思われた。そうした政治事件を立件するのに「機密漏えい」の口実になりそうな〝容疑〟を探し出して圧力をかけるのは当局の常套手段である。

B氏に対する容疑の証拠固めのために、私がターゲットになったのはほぼ確実だった。B氏の容疑は安全局が提示した記事と何らかの関係がある可能性があった。

取り調べの最初の段階で情報源を明かすよう求められた際、「情報源はB氏だ」とあっさり白状しておれば、「穏便」に処理されたかもしれない。そして、自宅と総局の家宅捜索までには至らなかった可能性もある。

安全局側は「（捜査に）協力すれば、たいした問題にならない」「われわれに協力してくれれば穏便に済ませられる」などと繰り返した。結論が出た後でも、そうした方針であったことをほのめかした。

だが、私としては、いくら日本とは取材環境が違う中国とはいえ、いやしくも記者稼業で口を糊(のり)してきた身である以上、百歩譲っても情報源を明かすわけにはいかないとの思いが強かった。還暦を迎えた今は、同様の事案に遭遇したなら、その後も続いた執拗な取り調べを耐え抜けたかどうか心もとないが、当時は若さからくる気負いもあった。

中国総局の家宅捜索が終わった後、再び、最初に連れていかれた北京市国家安全局の建物に戻った。そのまま1時間余り待たされた。安全局側は、Ｂ氏に関する何らかの容疑をめぐり、私との関係で違法性を立証できる証拠はないかと、自宅と事務所から押収したメモ類などを血眼になって調べているようだった。

## 取り調べ再開

1998年9月27日午後10時すぎ、取り調べが再開された。果たして、安全局側は、押収物の中から私が書いた記事と関連する取材ノートのメモを探しだしてきた。

特に、〈「尖閣」問題で対日批判に歯止め〉と、〈趙紫陽前党総書記、公開書簡〉の2本の記事の情報源に対し、追及が集中した。

取調官が取材ノートの記述を示して聞いた。

「これは、お前が書いたノートだな。だれかと話した内容だろう?」

尖閣諸島問題の記事のもとになったメモだった。私は当時、取材ノートをつくる際、情報源などの個人名を中国語のローマ字表記で記すのを習慣としていた。

「自分なりにつくった資料である」と私。

(取調官がメモのローマ字表記の人物名を指して)

「この人物と話した後、ここに書いたのだろう。そして記事にしたのではないか」

私「記事の情報源は言えない」

取調官「お前がやった行為は犯罪だ。だれがしゃべったのか言え」

またしても情報源を明かすように迫る取調官と、それを拒む私との押し問答が続いた。

安全局側は、【北京支局】のクレジットで書かれた前総書記の趙紫陽に関する記事についての尋問に移った。事務所の私の机から、新聞に掲載されたのと同じ趙前総書記の写真が押収されていた。

「このメモは、お前が書いたもので、写真もお前が入手したものだな。そしてこの記事を書いたのだな」

「メモは私が書いたものだが、写真については言えない。記事は総局の全員で書いたものだ」と私が答える。

「写真はお前の机の引きだしの中にあった。それでも知らないというのか。だれからもらったのだ？」

「私が保存していた」

「保存していたということは、手に入れたのはお前だということだろう。写真に羽根が生えていて勝手に机に飛び込んできたのか」

メモ帳にはローマ字表記とはいえ情報源であるＢ氏の名前が書かれ、記事と付合する内容が残っている以上、もはや状況は明らかだった。写真もＢ氏からもらっていたが、私は情報源を明かすことはできないと押し通した。

安全局側は押収した内部文書の追及に移った。

「これはお前が所持していたものだ。だれからもらった」

「大半は北京に赴任したとき、事務所にあったものだ。中身もほとんど見ていない」

これは事実だった。

内部文書とはいえ、内容はたいしたことが書いてあるわけではない。地方における事件や事故に関するニュース仕立てのものが多かったが、共産党の伝統で一部の者しか読むことができない内部文書（機密文書）扱いとなっている。

取り調べ対象となった記事の中身は、内部文書に基づくものもあったが、すでに触れたように実際に文書を入手して書いたものではなかった。

「昨年のものもあるではないか」

「一部は赴任後に知り合いが貸してくれた」

これも本当だった。新華社通信などが中級幹部向けに日刊や週刊で出しているものは、内部文書ではあるが、内容は一般的な報道記事である。中国の研究者やマスコミ関係者ならごく普通にもっていて見せてくれたが、それをもとに記事にできるような内容のものはほとんどなかった。

「これらは国家の機密である。お前が所持しているということは法律に違反する。だから、だれからもらったか言わなければならない」

またもや押し問答になる。真ん中に座ったリーダーらしき男はせわしなく部屋を出たり、入ったりした。本部と連絡を取りながら指示を仰いでいるものと思われた。その男が席を離れている間は、調書が中断し、両側の男が交互に同じような質問を繰り返した。

## 「北京を離れてはいけない」

このあたりから安全局側は脅しによる心理作戦に出てきた。私の将来のことや家族のことについて不安感をあおるのだった。

「法律に違反しても情報源を言うことを拒否するのか。そうやって何の得になる。拒み続けて、マスコミ業界にいられなくなってもいいのか」と取調官が言う。民主活動家らに対し、治安当局が法を無視した嫌がらせをするのは有名な話だが、私に対しては「法律に違反した」ことを強調した。

「何回も言っているように情報源は言えない」。私は繰り返したが、疲労感が強くなってきていた。

「そんな態度を貫き通していいのか。家には妻と子供が待っているのだろう。家族をがっかりさせてもいいのか。今日中に帰れるつもりでいるのか」

「いつも帰りは遅いから……」

この先、どうなるのかという不安が募ってくる。さすがに家族のことに話がおよぶとこたえた。

取調官が追い打ちをかける。

「読売新聞にも傷がつくぞ。その責任はお前が負わなければならないのだ」

中国の諜報機関にとっては、当局に従順な新聞がいい新聞で、当局に楯突く新聞は悪い新聞となるようだ。

「何と言われても言えないものは言えない」

やっとの思いで突っぱねると、安全局側もこの日の「決着」はあきらめたようだった。

「お前の態度は非常に悪い。少しもわれわれに協力せず、人民に奉仕しない」と、改めて、「態度の悪さ」を強調するとともに、人口に膾炙（かいしゃ）した毛沢東の言葉「人民に奉仕する（為人民服務）[1]」を引用し、強い調子で私を非難した。彼らの職務に協力しないことが、奉仕の精神に欠けるということらしかった。

続いて、「結果が出るまで北京を離れてはいけない」と北京からの移動を禁じた。事実上の出国禁止措置だった。

これで初日の取り調べが終わった。

時計を見ると、日付が変わり、9月28日午前零時25分になっていた。

## 事情聴取2日目

取り調べ2日目の9月28日は早朝から呼び出しがあるものと思い、中国総局で待機したが、なかなか連絡がこなかった。

人間は窮地に陥ると、些細なことがらにも望みを託したくなるものである。私の口が堅いので北京市国家安全局もあきらめたのではないかなどと、身勝手な予感が脳裏をかすめもした。だが、それははかない希望にすぎなかった。安全局は午後3時半ごろになって中国総局に電話で出頭要請をかけてきた。待たせることで相手を焦らせる作戦と思われた。

午後4時すぎから、昨日と同じ建物で事情聴取が再開された。

昨日の取り調べの段階で、安全局側のねらいはほぼ察しがついていたが、今日はいきなり本題に入ってきた。

「Bを知っているか？」

いよいよ来たな、と身構える。

中国人の知人で情報提供者の1人だったB氏が9月初めに拘束されたことはすでに触れた。だが、それを伝えた香港紙は、具体的な容疑については、想像も含めて触れておらず、込み入った事情があるようだった。安全局は私とB氏が知り合ったいきさつや平素の関係などに焦点を絞って追及してきた。

B氏拘束にいたる過程で、われわれは尾行され、2人でいる場面を何度となく押さえられていたに違いない。関係については事実を伝えることにした。むろん、安全局はすべて調査済みのことだったのだろう。

新聞記者は人に会うことが基本である。特に中国のような情報統制社会では、公式報道だけでは起きていることの実態を把握するのは難しい。内部の情報がなかなか表に出てこないのである。

そのため、私は北京滞在中、B氏を含め、それなりの情報を提供してくれる中国人の知人10人ほどと関係を築き、ほぼ毎日、昼か夜に食事を兼ねるなどしてだれかと会い、情報交換することを心がけていた。

「Bとは北京ではどんなところで会い、どんな話をしたのか」

取調官は具体的な面会場所を知りたがった。ホテルやレストランの名前をいくつか挙げると、「○○飯店、××酒店はどうか？（飯店、酒店とも基本的にはホテルの意味）」と追い打ちをかけてくる。

いずれもよく利用したところだが、そうした場所で私がB氏と会っているところを安全局が尾行のうえ、確認していたのは間違いなかった。その裏をとっている感じだった。

こうした関係を押さえたうえで、取調官は押収した取材メモにもどった。Ｂ氏の名前が中国語のローマ字表記で書いてあるメモである。昨日と同じことを繰り返した。

「これはだれがしゃべった内容だ」

私は「言えない。昨日も言ったように情報源は明かせない」と同じ応答を繰り返した。

## 懲役7年以上の罪

ここで安全局側は具体的な罪名と適用される量刑を挙げて圧力をかける一方、彼らが求めていることを率直に明かした。

「お前が書いた記事は、国家機密の窃取にあたり、刑法２８２条違反だ。懲役7年以上の罪に相当する。われわれは記事の情報提供者を知りたい。協力してもらえれば罪は軽くなる。そうでないと、7年以上の監獄行きだ。それでも言えないのか」

軽くない量刑を示して脅しをかけるとともに、彼らの目的が「情報提供者」の名前であることを明確にしたのである。安全局の要求を拒んで刑に服するのか、それとも協力して罪を減じるのかと二者択一を迫った形となった。

この日の取り調べでは、押収した取材メモにある別の情報源の名前が取り上げられた。退職した農業問題の専門家G氏だった。G氏から、ある内部文書の内容を聞いてメモし、その脇にG氏の名前をローマ字で記していた。文書の内容はやはりニュース価値のあるものとは思えなかった。

取調官は「ここに書かれている内容は、Gがしゃべったものなのか。これがどんなものか知っているのか」と強い口調で聞いた。私はこれに対しても情報源の秘匿を理由に供述を拒んだ。メモの内容は、災害による農業の被害状況だったと記憶するが、取調官の口ぶりからすると、文書自体が高い機密のランクに分類されているようだった。あるいはB氏とG氏の間に、安全局が関心を持つ特別な関係があったのかも知れない。

情報提供者の名前を言えと迫る北京市国家安全局に対し、私は要求を拒み続けた。この日の取り調べも平行線をたどった。これ以上の進展は望めないと判断したのか、安全局側は早々に午後6時半、取り調べを打ち切った。

「こんな状況では、今後も引き続き話し合わざるを得ない。昨日もいったように北京を離れてはいけない」

これで、結論は翌9月29日以降に持ち越されることになった。帰り際、自宅と事務所に対して昨日行われた家宅捜索の押収品リストのコピーを手渡された。

## 「絶密」「機密」「秘密」

取り調べが始まってから3日目の9月29日は、朝から呼び出しがかかるものと身構えていたが、終日、何の音沙汰もなく過ぎた。その後、5日間にわたって相手の動きが止まり、〝休戦〟状態に入ることになる。

中国は10月1日の国慶節を挟んで連休に入る。動きがなくなったのは、当局内で処分方針をめぐり意見が分かれていたからなのか、あるいは国慶節休暇中にわざと動きを止め、心理的圧力をかけようとしたのか。当時、あれこれと想像を巡らせていたことは覚えている。今から思うに、おそらく後者だったのだろう。

先方の出方が読めないうえ、この間、後述するように、あからさまな嫌がらせが続いたこともあり、精神的な疲労がたまった。

私に対する事情聴取では、国家機密の入手や所持が問題とされた。中国の国家機密をめぐっては、諜報機関による恣意的な運用など問題点が指摘され、改善すべき点は大いにあると思っている。

中国の国家機密に関してさまざまな議論があるにしろ、当時の私自身について言えば、その取り扱いにおいて慎重さに欠けた点があったことは否めず、日々の取材活動で、情報を入手することを優先するあまり、中国の国情についての認識が十分ではなかったと認めざるを得ない。取材の仕方やメモ類の保存、記事の作り方の面でも至らぬ点があり、同様の事案が、表向きは、その時点まで10年以上にわたって起きていなかったことによる気の緩みもあった。そうしたことがらにもう少し配慮しておれば、事態は違った展開を見せていたかもしれない。

北京市国家安全局が問題ありとして指摘した私の記事4本のうち、国家機密と関わる可能性があるのは、第1の〈「尖閣」問題で対日批判に歯止め〉、第3の〈政治安定求め文書伝達〉と思われる。いずれも共産党の文書に載った情報をもとにしている。

広い意味では、第2の〈中国、造反新聞を統制へ〉も機密といえなくないかも知れないが、第4の〈「天安門」再評価求め公開書簡　趙紫陽前総書記が党中央に送付へ〉はどう考えても、その範疇に入るとは思えなかった。

これらが、いずれも国家機密であり、それを記事にする行為は違法であると言われればそれまでだが、それにしても、そのいずれもが国家の安全を危うくするような重大なことがらを暴露するしろものでないことは確かだろう。彼らが言う違法行為と国外退去処分はどうにも釣り合いがとれないように思えて仕方がなかった。

中国には、機密を保護する「国家機密保護法」（中国語は「保守国家秘密法」）がある。法に違反すれば、行政処分や刑事罰が科される。

中国刑法３９８条は、機密漏えい罪などに7年以下の懲役刑を規定している。特に、外国人に対して漏えいした場合は、最高で無期懲役と罪が重い。

国家機密保護法が規定する機密は７つの領域に及ぶ（第９条）。①国家事務 ②国防 ③外交 ④国民経済・社会発展 ⑤科学技術 ⑥国家安全・刑事犯罪捜査、と続き、最後に⑦「機密保護行政の管理部門が確定したその他の機密事項」がある。

機密はあらゆる領域に及んでいる。最後の規定に基づけば、当局が「機密」と決めれば何でも機密になってしまうことになりかねない。要するに「国家機密は何でもあり」の状態なのである。

機密のランクは、機密性の高いほうから「絶密」「機密」「秘密」の３つに分類されている。同法は「絶密は最重要の国家機密、機密は重要な国家機密、秘密は一般的な国家機密」と位置づける。機密指定が解除される期間は、それぞれ30年、20年、10年を超えないとされている。この規定に従えば、当時、「機密」「秘密」ランクだったものは、すでに指定解除となっていることになる。なお、米国の機密も3ランクに分かれ、解禁された場合の国家の安全保障におよぼす危険性の度合いによって、高いほうからトップ・シークレット、シークレット、コンフィデンシャルに分類されている。(2)

## 内部発行

いかなる国であれ、国家の安全や国益が損なわれることのないよう機密を保護するのは当然であろう。

中国の特殊性は、そうした一般的な意味の機密とは別に、共産党や政府の幹部など一定の範囲の人間だけが読める参考資料やレポートの類も「機密」扱いにしていることである。

それらは「内部発行」、略して「内部」といわれ、国営新華社通信発行の「内部参考資料」（内参）などがある。

内部発行資料の作成は報道機関が担う。中でも新華社通信が中心となる。1931年、新華社の前身の紅色中華通信社が設立されたときからの党の伝統といい、建国直後の53年に党中央は「新華社記者が内部参考資料を書くことに関する規定」を出している。中国の報道機関は、公開報道と内部発行に関わる非公開報道の2種類の報道体系をもっているわけである。(3)

内部発行資料は、公開するのが好ましくないか、公表を遅らせたほうがいいと判断された情報が重要度に応じて、すでに見た機密の3つのランク「絶密」「機密」「秘密」に分けられており、それぞれに対応して閲覧できる幹部のレベルが決まっている。

新華社の「内部参考資料」（内参）の場合、最高ランクは「国内動態清様」（清様は清刷り、校了ゲラの意味）と呼ばれる。当初は最高指導部の政治局常務委員向けだったが、その後、閲覧対象が大臣・地方省長クラスまで拡大されたという。さらに、局長級向けの「内部参考」があり、最もランクの低いものとして、「内部参考」の中から機密度の低い記事を選んで編集した「内参選編」が地方末端幹部向けに毎週発行される。

こうした内部参考資料には何が書いてあるのか。広東省の新聞「深圳法制報」で長らく記者を務め、内参を閲覧できる立場にあった米国在住の中国人経済学者・ジャーナリストの何清漣（かせいれん）氏は指摘している。

（内部参考資料に掲載されている内容は）リストラ・失業現象が深刻化しているとか、某台湾企業がまた給料を欠配した、某農村で役人と農民が衝突した、某外資系企業でまた従業員の虐待事件が発生した、某所で何人による抗議行動が生じた、某警官が人を殴った、某交通警察官が「賄賂を貰った」等々といった本当の意味で国家機密ではないものばかりで、政府の目にマイナス情報と映るものでしかなかった。（中略）民主国家であれば普通の情報にすぎない。(4)

日本であればニュースとして新聞やテレビでふつうに報道されるような情報が、中国では「国家機密」とされているということだろう。あるいは、民主国家では報道の対象にさえならない情報が含まれている可能性もあろう。

中国の報道機関の記者にとって、内部発行資料の作成はちょっとした副収入になっている。2000年前後の状況によると、内部発行資料を作成した記者は、その資料が政治局員まで上がれば5000元、政治局常務委員まで上がれば1万元の報奨金をもらえた。政治局常務委員が資料に反応すればさらに2万元のボーナスが出たという。(5)

北京市の都市住民1人当たりの総収入が2005年で年間1万1320元であることを考えると、かなり高額な原稿料といえるだろう。

## 異論者弾圧の道具

内部発行資料は、ものによっては中国人にとっても機密性の高いものであるという認識が乏しいようだ。同業者の中国人を職場に訪ねた折など、ランクの高くない内部参考資料が無造作に机の上に置かれていることもあった。

そこはあまり礼儀に拘泥しない中国社会の流儀に従い、勝手にペラペラめくってみると、中身は、前出の何清漣氏が指摘するように、地方の省の経済統計であったり、水害が農業生産に及ぼした影響であったりする。

日本でいえば、市役所の広報資料といったところで、新聞記者から見て、ニュースバリューがあるものとは思えないのである。

内部発行といえども、機密の取り扱いが緩い場合もある。書籍にも内部発行があるが、奥付に「内部発行」と印字されていながら堂々と書店で売られ、一般国民だけでなく外国人が買えるものもあった。

外国メディアの記事を翻訳・掲載している新華社発行の新聞「参考消息」は、もともと下級幹部向けの内部文書だった。１９８５年に国内限定で中国国民なら定期購読が可能となった。

私が上海に赴任した１９９０年には、ほかの新聞と同様に郵便局を通して定期購読できたが、第１面には「内部発行」という神秘的な文字が入っていた。外国メディアの報道すら一般の国民には知らせたくない「機密」と考えていた名残だろう。

通常、内部文書は題字が赤色で印字されている。このため、赤いタイトルを頭につけた文書といった意味で「紅頭文書」とよばれる。時代は移り、２０００年代に入ると、機密性の高くない紅頭文書は一部で公開する動きも出ている。経済関係の文書に多い。

例えば、上海市は２００１年から民生関連の内部文書を「政府公報」として、書店や郵便局さらにインターネットで公開した。世界貿易機関（ＷＴＯ）への加入をめぐり、政策の透明性を求められたという事情がある。当局は国際社会の反応に敏感になっている。

それだけ、本来は公開しても差し支えのない資料が内部文書として扱われているということだろう。機密ランクの低い「秘密」扱いの資料がゴミと一緒に捨てられているという話もあるほどである。

とはいえ、「機密」に指定された文書を持っていたりすると、違法性を問われる可能性があるので厄介である。今でも国家安全部門が「機密」文書の所持や漏えい容疑で人を拘束したという記事が新聞に載る。

ただ、その場合、機密をめぐる行為そのものが問題視されるというより、政府に対して批判的な言動をする人物や民主活動家、好ましくない報道などを取り締まる必要から、「機密」との違法な関わりが摘発の口実とされるケースが多いのである。

国家機密の及ぶ範囲は広く、機密指定されている文書も膨大に上るため、国家安全部門の担当者が、得意の技量を駆使して探し回れば、一つぐらいは使える材料が出てくるものとみえる。その意味で、国家機密は「異論者弾圧の道具」となっているのである。

機密に関わる違法行為に適用される罪状としては、「国家機密漏えい罪」「国家機密窃取罪」「国家機密違法所持罪」などがある。

　これら３つの罪状で摘発された案件で日本の新聞記事となったものを読売新聞のデータベース「ヨミダス歴史館」で調べてみると、１９８６～２０１５年の約30年間で、それぞれ43件、13件、３件あり、国家機密漏えい罪が最も多い。ただ、記事になったのは把握できた事案に限られており、氷山の一角であることは言うまでもない。

　強引な口実探しをやれば、立件できずに破綻することもある。

　２００５年12月、米ニューヨーク・タイムズ紙北京支局の中国人スタッフが、国家機密漏えい罪などで起訴されたケースが記憶に残る。同紙は前年９月、当時、軍の最高ポストである党中央軍事委員会主席の座にあった江沢民（こうたくみん）氏が同ポストから退くとのスクープを掲載した。江沢民氏は２００２年11月の第16回党大会で総書記を、翌03年３月の全国人民代表大会で国家主席を引退し、それぞれ胡錦濤（こきんとう）氏に譲ったが、中央軍事委員会主席は保持し続け、04年９月の第16期中央委員会第４回総会（４中総会）で辞任した。その直前、最後のポストを手放すことをニューヨーク・タイムズ紙にすっぱ抜かれたのである。

　ニューヨーク・タイムズ紙北京支局の中国人スタッフの摘発は、このスクープ記事に対する報復措置とみられた。しかし、裁判所は国家機密漏えい罪については証拠不十分で無罪とし、別の詐欺罪で懲役３年を言い渡した。中国人は商才にたけていることと関係があるのか、経済問題に絡む詐欺罪なども異論者弾圧によく使われる「道具」の一つである。

私が国外退去処分を受けたケースでも、退去後に所属新聞社が事案を公表したことを受け、中国外務省は、私が金銭による買収など違法な手段で国家機密を盗んだなどとするスポークスマン談話を発表した。私は中国人に金を貸したことはあるが、少なくとも国家機密を入手する目的で金銭のやりとりをしたことはないと断っておく。

## 国家政権転覆扇動罪

最近は、民主活動家摘発において、「国家政権転覆扇動罪」がよく使われている。政権転覆を扇動するという曖昧模糊とした概念は、国家機密に関する「罪状」をわざわざ探し出すより、たやすく摘発対象に適用できるためかと思われる。同時期のヨミダス歴史館で検索すると、「国家機密漏えい罪」を上回る78件がヒットする。

ノーベル平和賞を受賞した作家の劉暁波(りゅうぎょうは)(6)も国家政権転覆扇動罪で摘発された一人である。拘束の原因は、08年にネット上で発表された、言論・集会・信教の自由や自由選挙をうたった「零八(08)憲章」の起草で中心的役割を担ったとされることだが、文章の作成・発表を、政権転覆の扇動と決めつけ、10年を超す重い懲役刑を言い渡す権力の異質さを改めて思わざるを得ない。

また、２０００年以降は、「騒動挑発罪」なる罪状での摘発も目立っている。中国語では「尋衅滋事（じんきんじじ）」と書き、日本では「公共秩序騒乱罪」とも訳される。

旧刑法にあった「流氓（りゅうぼう）」（ごろつき・チンピラの意）罪の流れをくむものとされるが、当局に異を唱えるだけで、騒動の挑発、公共秩序の騒乱として、逮捕されかねない。

その代表例としては、人権派弁護士として名高い浦志強（ほしきょう）氏のケースがあり、２０１５年12月、懲役３年、執行猶予３年の判決を受けている。

中国版ツイッター「微博」に政府の政策を批判する書き込みをしたことが秩序を騒乱したと認定されたのである。執行猶予をつけたのは、インターネットへの書き込みだけで実刑を言い渡すのはさすがの当局も気が引けたためだろうか。

より概念が漠然としている騒動挑発罪は、当局にとっては、使い勝手がいいに違いなく、今後、この罪状による摘発が増えることが予想される。

## 「絶密を持っていたやつはいなかった」

諜報機関から「機密文書」の違法な取り扱いが指摘される場合、中国では別の事案を摘発する理由づけであることが多いことからして、北京市国家安全局が私に対する取り調べの中で国家機密の窃取や所持を問題にし始めた段階で、先方の狙いがほかのところにあることが想定された。

北京市国家安全局は、事務所に対する家宅捜索で相当数の党中央文書や国務院弁公庁文書などの内部文書を押収した。外国報道機関の事務所を捜索すれば、なにがしかの内部文書が出てくると踏んでいたふしもなきにしもあらずだが、このことが結果的に相手側を勢いづかせたことは間違いない。さらに、思わぬ副産物もあった。

「この中には（最高機密の極秘に相当する）『絶密』の文書も含まれている。これまで『絶密』を持っていたやつはいなかった」

事務所の捜索が終わりに近づいた頃、安全局員は、押収物の中に「絶密」クラスの内部文書が含まれていることを発見したようだった。それだけでも罪が重いといわんばかりに、かつて同様の事案で捜索を受けた外国人記者のケースで絶密クラスの内部文書を持っていた者はいなかったと強調した。

（そんなに高いクラスの機密文書が交じっていたのか）

押収された文書の大半は、私の赴任前から事務所にあった古いものばかりだった。驚くべき内容が書いてあるわけでもなく、ろくに目を通したこともなかった。

最高機密の「絶密」文書が、それらの中に含まれていたのか、あるいは、当方が取材源から聞き取り、メモ帳に書きとめていた内部文書の内容がそれに相当したのか、定かではなかったが、捜索の過程でそうした発言が出てきたということは、事務所の保存文書の中に紛れていたのかも知れない。

北京市国家安全局は事情聴取の際、私が農業問題専門家から聞いてメモしていた内容に関心を示しており、それが関係していた可能性もあるが、「絶密」の入手をめぐってそれ以上追及されることはなかった。このことも国家安全局の関心が機密文書以外のところにあったことを示す証左と思われた。

いずれにしろ、機密文書の取り扱いに関しては、こちらの配慮が足りなかった。北京に駐在する同業者なら同じような文書に接する機会はあると思うが、私が中国特派員生活を始めた90年夏以降、中国当局が機密文書の取り扱いをめぐり日本メディアに圧力をかけたという話を聞いたことはなかった。表沙汰にならなかっただけなのかも知れない。

チベットから戻った直後に取り調べが始まり、その日のうちに自宅の捜索、さらに事務所の捜索へと事態は目まぐるしく変わった。相当な疲労感を覚えるとともに、次第にいらだちも募ってきた。そして、事務所の捜索を指揮していた国家安全局員が、私が「絶密」クラスの文書を所持していたことがいかに悪質なことかを指摘したとき、つい、腹立ち紛れに嫌みを言ってしまった。

「5年も経てば中国共産党は存在していない可能性もある。そうなれば、こんなこと（外国人記者に対する取り調べ）もなくなるでしょう」

口からでまかせだったとはいえ、この「予想」は外れたばかりか、中国共産党は20年を経過した今日、その権力基盤はびくともしないほど盤石になっているように見える。

しかし、このひと言が国家安全局の態度を相当程度硬化させてしまったことが、取り調べ再開後にわかった。

## なぜ内部文書にこだわるのか

それにしても、中国共産党政権は、内部文書に代表される言論の統制、それを盾に取った異論者の抑圧になぜ固執するのか。2017年12月31日現在、8956万4000人に上る党員を抱え[7]、社会のあらゆる領域にネットワークを張り巡らした強力な基盤を築き、世界第2位の経済力を擁するにいたったのに、である。

共産党の言論統制は、日本の江戸時代の徳川幕府による鎖国と発想が似ていなくもない。諸大名を従えた徳川政権は海外から日本とは異なる政治や経済、社会のシステムが入り込み、幕府への批判につながることを懸念したのであろう。選挙を経ずに政権の座にある中国共産党がかたくなに西側の政治制度を導入することを拒んでいるのは同様の理由かと思われる。

中国共産党政権樹立後の報道機関は、内部発行制度も含めて、旧ソ連共産党機関紙「プラウダ」に倣って体制が整えられたとされる。

旧ソ連では「プラウダ」と政府機関紙「イズベスチヤ」が2大紙だった。次のような小話があったという。

「プラウダ（真実の意）とイズベスチヤ（ニュースの意）の違いは何か。プラウダにイズベスチヤはなく、イズベスチヤにプラウダはない」

この小話が中国の報道機関にも当てはまるかどうかはともかく、ソ連流に言論を統制しつつ、公開する情報はすべて共産党の宣伝に利用するという長年の間に染みついた伝統を改めるのは容易ではないだろう。

改革・開放後、商業紙が生まれるなど事情は変わってきたが、共産党機関紙は今も党の宣伝機関であり続けている。

本家では1991年のソ連解体とともに、「プラウダ」「イズベスチヤ」体制は崩壊した。これに倣えば、中国では、共産党が政権の座にある限り、新華社・人民日報を頂点とする報道機関のありようは基本的に変わらぬまま存続すると考えるのが妥当だろう。

鄧小平(とうしょうへい)理論の重要な柱に「安定がすべてを圧倒する」(穏定圧倒一切)がある。

改革・開放の総設計士と呼ばれる鄧小平は、改革は発展のためであるが、改革をするには安定が不可欠だと、改革・発展・安定の関係を説いた。

江沢民政権以後の歴代政権は、この「安定」第一を旗印に掲げ、言論統制による世論操作を行いつつ、政府に楯突く者を排除してきた。安定を勝ち取るためには、情報の統制が必要であり、そのためには、一部の権力者だけに閲覧の権利を認めた内部文書の存在が必要だとの論理である。裏を返せば、中国指導部が、国内情勢が安定にはほど遠いと認識していることの表れだろう。

土地の強制収容や地方官憲の横暴な振る舞いに反発して暴動が頻発する。集団抗議行動は年間20万件を超えたといわれるが、治安状況への悪影響を考えてか、最近は数字を公表していない。こうした動きに備えるための治安対策費は国防費を上回る巨額に膨らんでいる。1990年代末には気功集団・法輪功(ほうりんこう)のメンバー約1万人が共産党や国務院がある北京の中南海を包囲する騒ぎが起き、最近は待遇に不満を持つ退役軍人が北京中心部にある腐敗摘発機関・中央規律検査委員会が入るビルの周囲で抗議行動を行うなどデモが続発している。いつ緊急事態が起きるかも知れず、共産党指導部は戦々恐々としているに違いない。

指導部が、政権の正統性を国民にいかに納得させるかという課題を抱えつつ、社会の安定にどの程度自信を持てるかによって、言論統制のあり方も左右されるかと思われる。

## 国家安全部

情報が統制されている中国であるが、インターネット空間には「情報」が氾濫している。政治や軍事上の本当の意味での「機密」を除けば、内容はともかく大抵の情報はネットから得ることができる。

政府部門もしかりで、中華人民共和国中央人民政府のホームページ（http://www.gov.cn/）にアクセスすれば、国務院各部・委員会（日本の省庁に相当）のページに入ることができる。それぞれが政策や幹部の発言を盛んに宣伝し、豊富な統計データも提供している。この点は日本の先を行っていると思えるほどである。

しかし、一つだけ当該部のリンクが張られていない組織がある。諜報機関の国家安全部である。ポータルサイト・百度（バイドゥ）の「百度百科」中国語版は、国家安全部について、「機構の特殊性に鑑み、部長を除き、副部長以下のポストは公開しない」と記し、簡単な歴史や機構についての説明がある。2016年11月から部長を務める陳文清（ちんぶんせい）に関して公開された情報は多くなく、1960年生まれ、四川省出身、重慶にある西南政法学院（現・西南政法大学）卒、党中央委員ぐらいだ。前任の耿恵昌（こうけいしょう）の経歴が「大学卒」として大学名を明らかにしていなかったのに比べれば多少の進歩といえるかもしれない。

百度百科が伝える国家安全部の職務は、「国家の安全に関する事務の管理、国家主権と利益の保護及び国内外の情報収集」とある。

所在地を明らかにしていない本部が北京にあり、全国31の省、直轄市、自治区に国家安全局が置かれ、さらにその下の各行政レベルごとに国家安全部門がある。

「国家機密」に関する事件で活躍するのが国家安全部である。当方の事案で動いたのは、北京市を管轄する北京市国家安全局だった（北京市国家安全局も国家安全部も一体の組織であるので、本書では、明確に区別する必要がある場合を除き、国家安全部門とした）。

なお、国家機密に関していえば、内部参考資料などの内部文書はもともと、党幹部が末端の情勢を把握し、政策に反映させる目的で作成されたとされる。そうであってみれば、主たる作成者が報道機関であり、内容もニュース仕立てになっているということがうなずける。

今日では指導部内でも民意を探る手段としてインターネット利用が進んでいるようだ。2010

年には当時の胡錦濤（こきんとう）総書記が中国版ツイッター・微博のアカウントを開設したと伝えられ、２０１５年には習近平総書記が軍機関紙「解放軍報」の編集部を訪れ、公式アカウントから全軍兵士に新年のメッセージを投稿したことが写真付きで報じられた。

インターネットの普及も手伝い、党・政府幹部と一般国民との情報をめぐる格差は縮小していくことだろう。そうなれば、内部文書の存在意義が将来的にますます低下するのは間違いあるまい。

国家安全部に関する百度の説明は簡略ながら、興味深い記述もある。

共産党の諜報機関は、建国前の１９３０～40年代の陝西省延安を根拠地としていた時期は、中央社会部と称し、党上層部への情報提供や当時の国際情勢に基づく研究・分析結果を定期的に執筆することを任務としていた。建国後、組織名は中央調査部となり、在外公館へのスパイ工作要員の派遣、所在国での機密情報収集を専門とするようになったという。

中央調査部時代、情報の分析や研究活動は対外的には「中国現代国際関係研究所」の名称を使って行われたとある。現在は、最後の1文字が異なる「中国現代国際関係研究院」という組織が存在する。

駆け出し特派員の頃、先輩記者から、中国で組織名に「国際関係」とつく機関はほぼ国家安全部の隠れ蓑であると考えて間違いないと教えられたものだ。そのことをうかがわせる情報が堂々とネットメディアに載っているところからすると、中国では至極当然のことと受け止められているのかもしれない。

組織が国家安全部となるのは改革・開放後の1983年だが、これに先立ち、鄧小平が復活した後の70年代末、組織の改革が進んだ。この時期、海外に派遣されるスパイ要員は、それまでの在外公館に派遣するやり方を改め、記者、ビジネスマン、研究者らを装い、海外工作を隠蔽する方法が取られるようになったという。

## 諜報も担う新華社

国営新華社通信の海外支社・支局が、報道機関の機能以外に諜報機関の役割を担っていることは公然の秘密である。返還前の香港では中国政府の出先機関がなかったため、新華社香港支社が中国の領事館の役割も兼ねていた。天安門事件当時の許家屯（きょかとん）支社長（1916～2016）は、学生運動に理解を示して政府と対立し、米国に亡命している。許は、新華社の諜報活動が香港における中国資本の成長と一体化していたと述べていた。

香港における中国資本の発展にはいくつかの段階があった。（新華社は）初期には主に地下工作を援護し、その資金提供を行うことを目的とし、ビジネスをするための組織をいくつかつくった[8]。

新華社は、そのウェブサイト・新華網によると、世界に180の支社・支局を擁し、中国語のほか、英語、フランス語、ロシア語、スペイン語、アラビア語、ポルトガル語、日本語の8つの言語でニュース配信を行っている。

米同時多発テロ後にイラク戦争が始まった2000年代初め、シンガポールに駐在していた筆者は戦争取材のため2度にわたりイラクに出張したが、戦時下の首都バグダッドに新華社の記者が駐在していたのに驚いた記憶がある。華僑が世界のすみずみに住み着いているように、新華社のネットワークは世界中に張り巡らされている。

新華社は延安時代から、特務機関と密接な関係を築き、スパイ活動の煙幕となる役回りを演じてきた歴史があると指摘される[9]。

世界中で活動する新華社の存在は今日でも警戒感をもって見られているようだ。米国司法省は、新華社と中国中央テレビの外国語放送CGTNに対し、中国政府のために宣伝活動を行う機関に該当するとして、外国代理人登録法（FARA）[10]に基づく登録を命じたと、2018年9月中旬に米メディアが伝えている。

同法によって外国政府のロビー活動などを行う「エージェント」（代理人）として登録された場合、外国政府との関係を開示する義務が生じる。新華社とＣＧＴＮは報道機関であるとともに、中国政府のロビー活動を行うエージェントであるとみなされたわけである。

この措置に抗議した中国当局のコメントがふるっている。中国外務省報道官は９月19日の定例記者会見でこう述べた。

メディアは各国国民の交流を強め、理解を増進する架け橋であり、絆である。各国は開かれた、寛容の精神にもとづき、メディアが国際交流と協力を促進するよう対応し、メディアが正常な活動を展開するために便宜を提供しなければならず、障害を設けたり、さらには関連することがらを政治問題化したりすべきではない。[11]

さらに翌10月、国家安全部の江蘇省にある下部機関の幹部が米企業のハイテク技術を窃取した容疑でベルギー当局に拘束され、身柄を米国に引き渡された後、逮捕されたと、米司法省が発表した。逮捕されたのは、江蘇省国家安全庁の徐燕軍（音訳）容疑者で、屈輝や張輝の別名をもつといわれ、ゼネラル・エレクトリック（ＧＥ）の航空宇宙関連企業に勤める中国系技術者をターゲットとし、高度な技術情報を入手していたとされる。徐容疑者は「江蘇科学技術促進会代表」の肩書を隠れ蓑にして活動していたという[12]。国家安全部の幹部が海外で逮捕されるのは珍しく、米連邦捜査局（ＦＢＩ）は２０１３年12月に捜査に着手したというから４年以上の長期にわたる内偵捜査が実を結んだといえるようだ。

かつて接触したことのある東京駐在の中国人記者の中には、その人の書いた記事を所属する新聞社の紙面で見たことがない者もいた。いつ記事を書いているのだろうと不思議に思ったものだが、記者よりも諜報の方が専門だったかと想像する。日本で暮らす中国人が増えてきた今日、その方面の活動も活発化しているものと思われる。

## ターゲットとしての外国人

国家安全部にとり、諜報活動の協力者をリクルートすることは重要な任務の一つである。

２００４年に起きた上海日本総領事館員自殺事件はその典型であろう。報道を総合すると、公電の通信技術を担当する電信官だった40歳代の日本人総領事館員は、親しくなった中国人女性との関係をネタに、外交機密に関する情報などの提供を中国人の男から要求されていたとの遺書を残し、総領事館内で自殺した。要求された内容は、総領事館で勤務する職員の氏名、公文書を上海から日本に送る際に利用する航空便名などだったとされ、遺書には「国を売ることはできない」と愛国の情がつづられていた。電信官は、公電の内容や暗号の仕組みを知っているため、各国諜報機関が接近することが多いといわれる。中国人の男は国家安全部の関係者だと見られている。

相手の女性も安全部関係者だったのか否か、そして、男性を誘惑してわなにかける「ハニートラップ」の手法が用いられたものかどうかなど詳細は不明であるが、国家機密に接する機会のある外交官が、安全部の重要なリクルート対象になっていることを改めて印象づけた。

この事件をめぐっては、日本政府が、領事官の身体、自由、尊厳に対する侵害を防止するため、受け入れ国に「すべての適当な措置をとる」ことを求めているウィーン条約に違反するとして中国に抗議したが、中国側は明確な回答をしなかった模様である。

古くは1960年代、文化大革命中の北京で、京劇俳優の時佩璞（じはいはく）が女性になりすましてフランスの外交官ベルナール・ブルシコ氏に近づき、外交機密を盗んで中国当局に流していた事件がある。時佩璞は、ブルシコ氏の帰国に伴い政府の命令を受けてフランスに渡り、パリで同棲していたが1983年、仏当局に逮捕された。その時まで男性であることに気づかれなかったという。86年にスパイ罪で禁固6年の有罪判決を受けたが、87年に当時のミッテラン大統領から恩赦を受けた。時佩璞は2009年6月、パリの自宅で死去した。70歳だった。米映画「エム・バタフライ」（93年）のモデルになったことで知られる。

狙われる対象としては、政治家も例外ではない。1997年に当時の橋本龍太郎首相が中国人女性通訳との交際疑惑を「週刊文春」に書かれ、海外メディアでも報じられた。翌1998年2月、国会の代表質問でこの問題について聞かれた橋本首相は「私が中国に行き、中国衛生部の要人が来日する機会に通訳として働いてもらった。ご苦労さんという意味で食事をごちそうしたことがある」などと答弁した。

情報を扱うことをなりわいとする外国人記者もターゲットの一つになりやすい。中国に駐在する外国人記者は、見ず知らずの中国人が突然、情報提供の申し出をしてきたら疑ってかかったほうがいいだろう。中国の諜報機関は、外交特権を持たない外国人記者やビジネスマンに近づいて圧力をかけ、何らかの処分を免れさせることと引き換えに、諜報機関への協力を続ける確約書に署名を求めるのが常套手段の一つであると、ニコラス・エフティミアデス『中国情報部』は指摘している。

私の事案に関しても、北京市国家安全局の要求に応じていれば、処分が見送られた見返りに、協力者になるように求められた可能性はある。取り調べの最中、安全局側は情報源を明らかにするよう求める一方、「罪を認めれば処分は軽くなる」と持ちかけてきた。

結局、私は国家安全局の要求を拒み、国外退去処分を受けたが、最終的な処分が下された直後、安全局の要員が最後にかけてきた言葉が、そうした彼らの手口をほのめかしていた。

## 外国人記者に関する小冊子

中国に駐在する外国人記者が地方の各省に取材に行きたいときは、当該省政府の外国関連業務担当窓口である外事弁公室（外弁）に取材申請して許可を求めるのが一般的だ。だが、省政府の外弁が外国人記者の取材を許可するかどうかの判断に、国家安全部の意向が影響を与えているとの指摘がある。

国家安全部は、中国に駐在する外国人記者の個々の情報を掲載した小冊子をつくり、それを各省政府外弁の担当者に配布しているという[13]。

担当者はそれに基づき、記者が取材に来ていいかどうかを判断しているというのだ。国家安全部ににらまれ、よからぬ情報を書き込まれたら、ただでさえ容易ではない取材活動が余計に支障をきたすことになる。

中国には、すべての国民について作成される「檔案（とうあん）」と呼ぶ一種の人事管理記録がある。小学校卒業時から作成され、学歴、職歴が記され、転職しても一生ついて回る。そこには政治活動歴・政治学習に対する態度、政治的処分も記載される。本人は見ることができず、その機密性ゆえに、個人に対する共産党の政治的支配の手段になっているとされる。

何でも管理したがる性癖が、外国人記者に対する小冊子を作らせているとみえる。その小冊子にどの程度の情報が載っているのか不明だが、本人たちが知らぬ間に詳細な情報収集が行われている恐れはある。そうした情報収集を行うためには、対象者の身辺に迫る必要があるだろう。私は北京で取り調べを受けた際、国家安全局が身近なところまで浸透し、情報を収集していたことを思い知らされた。

なお、共産党の情報統制は、日本人外交官にとっても仕事をしづらくしているようだ。元駐中国大使は共産党の「隠したがり体質」をこのように指摘している。

中国外交の仕事をしていて困るのは、彼らが決定の理由を全然教えてくれないことである。（中略）彼らの秘密の範囲は、我々の常識を超えて相当に広いのだ。しかも、何が秘密なのかの説明もない。後になって、あなたは〝国家機密〟を漏らした、あるいは盗み取ろうとした、などと言われる。とにかくむやみやたらと〝国家機密〟に出くわすのだ。(14)

1 毛沢東が1944年9月8日、中央警備団の追悼式で行った、炭鉱事故で亡くなった張思徳を悼む演説のタイトルとして使われ、その後、広まった。

2 デイヴィッド・ワイズ『中国スパイ秘録』

3 『岩波現代中国事典』

4 何清漣『中国の嘘―恐るべきメディア・コントロールの実態』

5 スーザン・シャーク『中国 危うい超大国』

6 2009年12月に懲役11年の判決確定。服役中の17年7月13日死去。

7 中国共産党新聞網

8 許家屯『香港回憶録』

9 ロジェ・ファリゴ『中国諜報機関』

10 Foreign Agents Registration Act. 1938年発効。登録されると、活動内容、収入、支出などについて司法省に報告しなければならない。

11 中国外務省ウェブサイト

12 中国語サイト「博訊」

13 『中国の嘘 恐るべきメディア・コントロールの実態』

14 宮本雄二『習近平の中国』

# 第3章　報道統制下の中国特派員

## 外国人記者管理条例

中国での取材はストレスがたまった。

1990年代は、「都市報」と銘打った大衆向けの新聞が登場し、読者のニーズに合わせた独自の編集方針で一時期は人気を博し、新聞界に活気をもたらす状況も出現した。とはいえ、外国人特派員にとって重要な政治情報の収集には難儀した。

外国记者和外国常驻
新闻机构管理条例
REGULATIONS CONCERNING FOREIGN
JOURNALISTS AND PERMANENT OFFICES
OF FOREIGN NEWS AGENCIES

一九九〇年一月
January, 1990

1990年1月に施行された
外国人記者管理条例を記した冊子

日本だと普通に報道されるような情報がなかなか表に出てこない。ほしい情報が取れないうえ、中国メディアが伝える内容は独特である。ニュースバリューを決める尺度は共産党指導部内の序列であり、人民日報の1面に習近平総書記と李克強首相の記事が掲載されるような場合、トップは習氏、準トップは李氏と決まっている。扱いを間違えば編集責任者は処分を免れない。

記事の書き方も特異である。同じ中国語圏でも、報道の価値基準が日本に近い香港や台湾の新聞は、ニュースになる部分が記事の冒頭に置かれ、その内容が見出しで示されるからわかりやすい。中国大陸には、政治関連記事に関する限り、そんなサービス精神はない。新聞でも共産党の文書に特有の言い回しが多用され、読むのに骨が折れた。その意味不明瞭さは、かつての官吏登用試験・科挙（かきょ）の科目に使われた古典の文体「八股文（はっこぶん）」になぞらえ、「党八股」などと揶揄されるほどである。南北朝鮮のテレビ放送に例えれば、香港・台湾は、抑制気味に事実報道に徹する南側、中国は、絶叫調で指導者をたたえる北側のそれといったおもむきだろうか。

中国の新聞やテレビからの情報収集が容易でないのは、国内メディアは、共産党中央宣伝部や政府機関の国家ラジオ・テレビ総局といった言論統制機関が許可した内容しか報道できないからである。むろん、外国メディアの常駐記者である特派員も取材規制を受けている。

特派員に対する取材規制について文書化されたものとしては、国務院（中央政府）が制定したいわゆる外国人記者管理条例がある。

１９９８年当時のそれは、正式名称を「外国人記者・外国常駐報道機関管理条例」といい、１９９０年１月19日に施行されたもので、全22条からなっていた。

外務省を外国人記者の主管部門と定め、外国人記者が中国で取材活動を行ううえでの、外務省への氏名や所属機関の届け出、外国人記者証の申請・更新の方法など決まりごとを規定していた。

第3条では、「中華人民共和国政府は、法律に基づき、外国人記者・外国常駐報道機関の合法的権益を守るとともに、その正常な業務活動に便宜を与える」と、記者の権利擁護や取材活動の支援を強調していた。

とはいえ、条例の名称に「管理」とあるように、取材を規制する色彩が濃い。第14条では、外国人記者・外国常駐報道機関に対し、「報道の職業倫理を遵守しなければならず、事実をねじ曲げたり、デマをでっち上げるなどの不当な手段を用いたりして取材報道をしてはならない」と注文をつけている。

さらに、行ってはならない活動として、「その身分にふさわしくないこと、国家の安全、統一、公共の利益を害すること」を規定していた。

「報道の職業倫理」の遵守といっても、報道機関は共産党の宣伝機関にすぎない中国と、報道の自由が保障され、報道機関は政治的に中立の立場に立つことを原則とする日本とでは、そもそも報道機関の位置づけからして異なる。また、どんな行為が「身分にふさわしくないこと」に相当するのか、「国家の安全を害する」基準は何か、規定はあいまいである。当局に都合がいいように解釈できる余地が大きいといえるだろう。

中国の政府、機関・団体、地方の省・市・県などあらゆる部門には外国人との連絡や交渉にあたる部署として「外事弁公室」、略して「外弁〈辦〉（ワイパン）」が置かれている。

外国人記者管理条例第15条は、外国人記者が、中国の政府部門、機関・団体を取材するときは当該部署の外弁、地方を取材するときは管轄する省・自治区・直轄市の外弁に申請し、許可を得なければならないと定めていた。

この規定は、外国人記者に対し、取材に際して政府への申請・許可というプロセスを踏むことを義務付けたものである。許可を得るには時間がかかるだけでなく、当局が取材に応じたくない問題に関しては門前払いとなるケースも多い。

この外国人記者管理条例が１９９０年1月に施行されたのは、前年6月の天安門事件がきっかけになったと思われる。事件では、学生たちが民主化要求を掲げただけでなく、中国の報道関係者も多数が言論の自由などを求めてデモに加わった。事件の模様は外国の衛星放送を通じて世界に中継され、外国人記者にとっても中国の民主化や言論の自由の問題は、従来にもまして大きな関心事となったのである。条例は、中国当局が外国人特派員の動向に警戒心を募らせた表れだろうが、それにしても、施行が事件から半年後という素早い対応であった。

なお、それまでは１９８１年3月に施行された「外国報道機関常駐記者管理に関する暫定規定」が適用されていた。これには取材の申請・許可に関する定めがなく、記者の活動についても、あいまいな表現に変わりはないが、「正常な取材の範囲を超えてはならない」とあるだけだった。緩い規定は、80年代という現代中国史のなかでもまれに見る開放的な時代の空気を感じさせる。規制の度合いは90年条例で格段に強まったのである。

言論が統制された環境のもとで仕事をしていると、つい勇み足の失敗をしてしまうこともある。北京では苦い思い出が残る。

## 誤報

北京赴任から国外退去にいたるわずか2年余りの間に、私は社から賞罰を1回ずつもらった。最初は罰のほうだった。

1997年2月19日夜、最高実力者だった鄧小平(とうしょうへい)が亡くなった。読売新聞はこの情報が取れず、ライバル紙の朝日新聞に完敗した。新華社が報道を通して死去を公に確認したのは朝刊の締め切り時刻が過ぎた翌20日未明である。

死去の公式確認がない中で、朝日新聞は20日付朝刊の最終版1面で、「鄧小平氏、死去か」の見出しを掲げ、「か」をつけて断定を避けた形ながら、鄧小平が入院していた病院周辺の〝状況証拠〟などをそろえて堂々のトップ記事に仕上げていた。

我が北京支局員は、当日未明、各社の朝刊最終版を確認した東京本社国際部からの連絡で朝日の特ダネを知り、意気消沈しながら、朝までかかって夕刊と号外の原稿作りに追われた。その日から１週間ほど、中国のテレビは葬送曲とともに鄧小平追悼番組を流し続けた。もの悲しい曲調がいっそう気を滅入らせた。

敗因はいろいろ考えられたが、当時、北朝鮮の大物、黄長燁（ファンジャンヨプ）書記[1]が北京の韓国大使館に逃げ込んだ亡命事件が同時進行中であり、我が社はそちらの取材にエネルギーを傾注しすぎていた。その分、鄧小平情報のフォローが手薄になった面が大きかったと思っている。

また、鄧小平の動向は各国政府にとっても大きな関心事であるが、日本政府の情報収集の中枢である首相官邸を担当する東京本社政治部との連携という面でも課題があった。

ただ、私への罰は、そのことで処分をくらったというのではなかった。鄧小平をめぐる失敗の巻き返しを図ろうと、いくぶん前のめりになりすぎてフライングをしてしまったのである。

鄧小平の死後まもなく、信頼できる情報源から、もう一人の長老で北京市長、全人代常務委員長（国会議長）を務めた彭真（ほうしん）が危篤だとの情報が入った。彭真は当時94歳の高齢で、時間の問題だという。

数日後、その情報源から電話があり、「他感冒了（彼はかぜをひいた）」と伝えてきた。盗聴を警戒し、あらかじめ示し合わせていた彭真死去の情報を示す符丁だった。同僚に別の筋に当たってもらい、情報は確度が高いとの感触を得た。

そして、97年3月3日夕刊1面に「彭真元北京市長が死去」というベタ記事を掲載した。

ところが、1日経ち、2日経っても彭真死去を確認する公式報道がない。1週間が過ぎる頃には誤報は明らかになってきた。

新聞に手厳しい報道で知られる日本の大手出版社発行の週刊誌に「読売が〝誤報騒ぎ〟」などと書かれるに及んで、中国の当局者に彭真の「生存」を確認したうえで、「訂正・おわび」を紙面に掲載した。人の生死に関わる問題であり、当然、社内で処分を受けた。

結局、彭真の死去を中国メディアが報じたのは、ほぼ2か月後の5月2日だった。

## 日本の新聞社に浸透する諜報員

翌1998年春、再度、巻き返しのチャンスが巡ってきた。3月恒例の全国人民代表大会（全人代）は、前年に開かれた5年に1度の第15回共産党大会を経て、この98年から5年間の任期が更新され、第9期全人代第1回会議となった。

その5年後の第10期全人代では江沢民氏の後継体制が本格始動する。今期は、その布石が打たれるはずだと踏んで、後継人事の情報収集に力を入れた。

　中国ではすべてを共産党が決める。後継人事についても、全人代開幕前の最後の党中央委員会総会となる2月の第15期中央委員会第2回総会（15期2中総会）で何らかの動きが出ると予想された。総会開幕直後、党中央金融工作委員会が新設され、トップの主任に政治局員だった温家宝（おんかほう）氏（後に首相）を起用するとともに、温氏を副首相に昇格させるとの情報を得て記事にした。

　2中総会閉幕日の深夜には、最年少の政治局常務委員だった胡錦濤（こきんとう）氏（後に党総書記・国家主席）を国家副主席に抜てきするとの情報が入った。翌日の朝刊では全人代で予想される新指導部の顔ぶれに関する記事を表付きで掲載する予定で、すでにゲラが仕上がっていた。国家副主席ポストは確たる候補情報がなかったため、空欄にしていた。

　朝刊に間に合う時間帯であり、胡錦濤氏の国家副主席候補を補充して、記事を完成させることは可能だった。しかし、原稿の受け手である、その日の本社国際部の朝刊担当デスクは、たまたま中国担当だったが、「胡錦濤＝国家副主席」説をにわかには信用しようとせず、翌日の朝刊に載せることは見送った。

　それまで、国家副主席は名誉職的なポストと見なされていた。中国事情に詳しい者ほど、若手のホープだった胡氏をそのポストに就けることに違和感をもつのは無理もなかった。

　結局、翌々日の紙面で、「副主席候補に若手・胡氏　共産党中央委が推薦　江主席の後継説も」

の見出しでトーンを弱め、国際面準トップの扱いで掲載した。[2] 結果は、その通りになり、胡氏の後継の習近平氏も同様のコースをたどった。国家副主席を経てトップとなる道が一時的に慣例となったのである。

以上の2本の記事は、後の「胡錦濤―温家宝体制」の布石を示すものとなった。派手なスクープではなかったが、ほかの細かな人事の特報も含め、新体制の人事を占う報道として、所属する部署の特賞をもらった。

自慢話を含めて長々と触れたのは、北京市国家安全局が、以上の私の賞も罰も承知しており、取り調べの中で取り上げてきたことに驚愕したからである。「お前に関する情報は何でも握っているぞ」と言わんばかりの威圧を加える狙いだったと思われる。

「賞」のほうは、社内報などで取り上げられるから認知される範囲が広いにしても、「罰」については、社内でも目立たぬように取り扱う配慮がなされるのがふつうだろう。それを安全局が知っていたことは示唆するところが多かった。

この業界は案外狭いものであり、この種の情報は他社の人間が知っていることもあり得る。自社、他社のどの線から漏れたにしろ、中国の諜報機関である国家安全部門が、まさに外国人記者をリクルートのターゲットとするように、日頃から日本の新聞記者に対して接触を図り、情報を集めるという、諜報員による新聞社への浸透工作を行っていたことが裏付けられたのである。すでに記者が知らないうちに〝協力者〟になっているケースもあろうし、北京や上海だけではなく、東京をはじめ、日本国内がその舞台となっていても不思議はない。

## 現地スタッフ

海外に駐在する記者にとって、仕事の出来を左右する要因の一つは、現地スタッフとの人間関係であろう。自身の経験からもそう実感したし、他国に駐在した同僚からも似たような話を聞いた。記者は通常、駐在する国・地域の言語の使い手であるが、日々の取材に忙しく、事務的な作業を母語ではない言語で処理するのは容易ではない。また、正確な文書を作ったり、現地当局との微妙なやりとりをしたりする必要がある場合、どうしてもネイティブの助けが必要になる。そうした事情から現地スタッフを雇用する。

中国でも海外の報道機関が事務所を開設する場合、一般的には現地スタッフを雇うことになる。事務的な作業や取材の補助をする助手と運転手がいる。

ただ、中国では報道機関側が現地スタッフを自由に雇用できず、外務省が設立した人材派遣会社を通して雇うことになる。言論統制が厳しいシンガポールに駐在した際でも、現地スタッフの雇用は自由にできたから、中国の場合は特殊というべきだろう。

中国外務省のウェブサイトには、中国に常駐する外国の報道機関が中国人を雇う場合の手続きが案内されており、２０１８年7月現在、北京、上海、重慶、広州、瀋陽の5都市にある人材派遣会社の連絡先が掲載されている。その一つ、北京外交人員人事服務公司は、メディアが所属する国ごとに、第1業務部（米国、英国）、第2業務部（日本、フランス、カナダなど）、第3業務部（ドイツ、韓国、オランダなど）に分かれている。北京の日本のメディアは、中国人を雇う際、同公司の第2業務部と接触することになる。

中国外務省が公表している雇用手続きは、被雇用人の身分や業務内容に関し、「記者の資格をもたず、単独で取材活動に携わってはならない……撮影や資料整理など取材の補助的作業にのみ従事できる」と条件をつけている。取材などを行ってはならないと活動を制限しているわけで、外国の報道機関や取材行為に対する警戒感の表れとも読み取れる。

人材派遣会社は外務省や地方政府に所属するため、現地スタッフは、当局から派遣された海外メディアの監視役の任務も担っているとみられている。

私が接触した彼らの多くは、外国語大学の卒業生だったが、外語系大学は、国務院（中央政府）の省庁の一つで諜報機関の国家安全部や、その下部機構である各地の国家安全局への人材供給源の一つでもある。北京支局のかつての助手は、有力外語大を出たばかりの優秀な日本語の専門家だったが、「同級生の何人かは国家安全部に配属されました」と率直に証言していた。

私が上海や北京に駐在していたときは、助手や運転手たちは毎週土曜日の午後などに、派遣元が開く「学習会」と称する会合に参加していた。

何を学習していたのか定かではないが、彼らは、外国人記者が記者管理条例に抵触する行動をしたと判断した場合、当局に報告することを求められていたと思われる。そのことを実感させる出来事に上海で遭遇した。

## 反体制作家

私が特派員として中国に赴任したのは、上海が最初だった。1990年8月のことで、夏の上海は、うだるような酷暑だった。

夜になると、電力不足のため、市中心部のかつてのフランス租界にあった当時の上海支局周辺でも薄暗かった。一般家庭にはエアコンがほとんど普及していなかったから、日が沈むと、夕涼みをする人民が歩道にあふれかえった。屋台には新疆ウイグル自治区産の哈密瓜（ハミクワ）（ハミウリ）が並び、それなりに風情があった。記憶をたどると、においまでよみがえってくるようで、中国で最も懐かしい土地である。黄浦江（こうほこう）の東側、現在、高層ビルが林立し、発展した上海を象徴する浦東（ほとう）は、一面が農地や更地だった。

その頃は、民主化運動が軍に鎮圧された天安門事件から1年余りしかたっていない。上海でも大規模デモをはじめとする民主化を求める運動が起き、その記憶が生々しく残っていた。まだ拘束されたままの人、拘束を解かれたが職場を追われて失業中の人も多数いて、上海の街には緊張感が漂っていた。

外国人記者管理条例は、この年、１９９０年1月に施行されたばかりだったが、私は早速、報道統制の洗礼を受けることになった。

天安門事件の際に上海で拘束された人々のうち、著名な１人に作家の王若望（おうじゃくぼう）（１９１８〜２００１）がいた。矢吹晋編『中国のペレストロイカ　民主改革の旗手たち』（蒼蒼社）は「現代中国の文芸界で『南王北劉』といえば、南の王若望、北の劉賓雁（りゅうひんがん）のことである。両者とも硬骨漢として双璧である」と書く。劉賓雁（１９２５〜２００５）は天安門事件では滞在先の米国から共産党を批判し、その年に米国に亡命した。以後、中国の民主化を支援する言論活動を続けた。

王若望は１９５７年の反右派闘争で右派として批判され、共産党の党籍剥奪処分を受けた。文化大革命中に４年間拘束され、78年に名誉回復したものの、87年にブルジョア自由化をあおったとして、劉賓雁、天文物理学者の方励之（ほうれいし）とともに鄧小平から名指しで批判され、再び党籍を剥奪された。

天安門事件につながる一連の民主化運動では、上海のデモや集会に参加して学生らの主張を支持した。さらに、鄧小平（当時、中央軍事委員会主席）に書簡を送り、元総書記の胡耀邦（こようほう）の名誉回復を求めるとともに、台湾の元総統蔣経国（しょうけいこく）が死去1年前に民主化政策を進めたことを踏まえ、「台湾の蔣経国総統は命の尽きる最後の1年間に自発的に開明的で先見性のあるいくつかの政策決定を行い、世の人から尊敬を受けたが、あなたも蔣総統に学んでみてはどうか」と提案した。

これらの言動が災いして、王若望は１９８９年6月中旬から1年2か月にわたって拘束された。釈放されたのは、私が上海に赴任して2か月余りが過ぎた１９９０年10月下旬のことである。

王若望が釈放された直後、私は上海市内の王の自宅を訪れインタビューした。初対面だった王はこのとき72歳。白髪で眼光炯々として人を射る感じの精悍な容貌は、かつての反体制派の闘士をほうふつとさせた。

王若望は、拘束中の待遇について、他の収容者には許可されないたばこを1日6本まで与えられ、テレビも週1回観ることができたなどとして、「文革中に拘束された時より待遇が良かった」と、時に笑顔を見せて語った。

公安当局が、拘束した政治犯の処遇に差を設けているらしいことをうかがわせた。著名な人物であり、海外メディアの注目を集めていたこともあったのかもしれない。あるいは高齢で、確信犯的な立場だったからか、党上層部から何らかの指示でも出ていたのか、その辺の事情ははっきりしない。

ただ、王若望は、「完全な自由の身ではない」と話し、当局が、天安門事件に関わった者に対し、釈放後も厳しい監視下に置いていることを示唆した。

その後も、王若望が米国に事実上の亡命をする92年まで何度か自宅におじゃました。その都度、2番目の妻で1回り以上若い羊子（ようし）（本名・馮素英（ひょうそえい））夫人とともに暖かく迎えてくれた。東京からやってきた日本の中国文学研究者を王宅に案内したこともあった。

## 外事弁公室の警告

釈放された作家、王若望へのインタビュー記事は、読売新聞1990年11月1日付に載った。当人は釈放されたとはいえ、監視下に置かれていては、込み入った話はしづらいから、さしたる内容を引き出せていない。記事は大きな扱いにはならず、国際面の下のほうに写真付きで出た程度だった。にもかかわらず、驚いたことに、その日のうちに、海外メディアを管轄する上海市外事弁公室（外弁）が警告してきたのである。

担当者が上海支局に乗り込んできた。渋い表情で、私が王若望を取材し、記事を書いたのは、外国人記者管理条例違反に当たるという意味のことを言った。どうやら、当局、つまり、上海市外事弁公室に取材申請し、許可を取らなかったから条例に違反するということらしかった。もっとも、申請しても通らなかっただろうが。

ただ、日頃は人のよい上海のおじさんといった感じの担当者は、それほど強硬ではなく、今後、同様のことが続けばまずいことになるという趣旨の説明をした。当方は赴任直後でもあったから、職務上、警告したということらしかった。相手が強く出てくる気配がなかったので、こちらも適当に聞き流し、ことなきを得た。

それにしても、なぜ外事弁公室は記事が掲載された当日という素早さで警告できたのだろう。そこで思いあたったのが、上海支局で雇っていた中国人の助手による〝密告〟だった。

新聞社では、海外でも国内でも、記者が書いた原稿を本社や支局に送った後、受け手であるデスクとのやりとり、修正を経て、記事の形に組み上がったゲラ刷りが書き手の記者の元に送られてくる。それをチェックして、間違いの直しや表現の修正を加える。今なら送られてくるゲラをスマートフォンで確認できるが、当時は、ファクスで受けていた。

その作業をしたのは記事掲載日前日の10月31日だが、インタビューをしたのが夜だったため、支局に戻って原稿を書く作業が慌ただしくなった。東京からファクスで送られてきたゲラを確認したのも遅い時間になり、ゲラを机の上に置いたまま帰宅したのだった。

翌朝、出勤した助手は、そのゲラを見て、「記者の身分にふさわしくない行為」と悟ったのだろう。そこで、外事弁公室に電話で事情を伝えたか、ゲラをファクスで外弁に送ったに違いない。恐らく後者であったと思われた。外弁の担当者の口ぶりは記事を見たとしか思えないものであったからだ。

私も若かったから、助手を問いただした。とはいえ、彼ら助手たちが当局から記者を監視する義務を負わされているとすれば、その義務を忠実に履行しただけのことであり、責めるのは酷というものだったろう。助手は関知せずと言い張り、証拠もなく、いかんともし難かった。

この件はうやむやになったが、助手は、その後も別の案件で当局に通報に及んだことがあった。

ある日、上海の名門大学に在籍する日本語専攻の大学院生が「雇ってもらえないか」と支局を訪ねてきたことがあった。有能な人物と感じたが、当時の上海支局は、私と助手、運転手の3人体制で人手は足りていた。

何より、中国に進出している外国の報道機関で働くためには、政府が設立した人材派遣会社に登録する必要があった。その旨を話したうえ、いつでも寄ってくれていいと伝えて見送った。

ライバルが出現し、自らの地位が脅かされかねないと危機感を覚えたのかもしれない。助手は、その大学院生の来訪を上海市外事弁公室に通報したのだった。何かあらぬ尾ひれでも付け加えたのか、その大学院生はそのことで当局から相当の圧力を受けたと、私は上海を離任してから聞いた。

一般の中国人が外国メディアに接近することがまだリスクを伴う時代だったということか、彼自身が何か政治的な問題を抱えていたのか、詳しいことはわからないが、後味の悪い思いをした。海外に駐在する特派員にとって、現地スタッフ（助手）といい関係を築くことは、仕事をスムーズに進めるうえで重要だが、こんなことがあったため、私は助手との関係構築で出だしからつまずいてしまった。

この経験から私は現地スタッフに警戒心を抱き、助手＝監視役説を確信するようになった。その教訓を生かし、北京では、取材源とは常に外で会い、日本人の同僚同士も取材源については互いに介入しないようにしていた。北京で起きた私の事案について、中国総局で雇っていた助手３人はおそらく承知していなかったと思っている。

## 南巡講話の前哨戦

上海では、言論統制の洗礼を受けはしたが、天安門事件後の保守派優勢の状況下で改革派が巻き返しに出た結果、中国の新聞紙上で改革をめぐる議論が活発化して開放的な機運も味わった。

改革派の巻き返しが最高潮に達したのは、１９９２年初め、鄧小平が武漢、深圳、珠海、上海など南方の諸都市を回って改革・開放の再号令をかけた南巡講話である。経済発展のためには、社会主義か資本主義かにこだわる必要はないとして保守派を一蹴し、後の市場経済化に道を開いた。

鄧小平がその前哨戦を展開したのが上海の新聞「解放日報」（共産党上海市委員会機関紙）においてだった。南巡講話の1年前の1991年2月から4月にかけて、解放日報紙上に大胆な思想解放を訴える4本の論文が掲載される。「改革・開放には新思考がなければならない」「社会主義にも市場があり、資本主義にも計画がある」といった発想の転換を求める論調は、後の南巡講話で語られる内容そのものだった。

論文には共通のペンネーム「皇甫平（こうほへい）」が使われた。「皇甫」は発音が同じ上海を象徴する川、黄浦江の「黄浦」に通じ、「平」は鄧小平の平からとっていた。

鄧小平の意向を受けて、上海から改革派の狼煙を上げる意味合いを込めたものだろう。執筆グループは、周瑞金（しゅうずいきん）・同紙副編集長（後の「人民日報」副編集長）を中心に、同紙評論員、共産党上海市委員会研究室研究員を加えた3人だった。

当時、私は偶然、論文の執筆グループに人脈が出来たため、ちょっとした特ダネがいくつか転がりこんだ。

その一つは、周瑞金氏の人事をめぐるものだった。周氏はこの年、香港の中国系紙「大公報」副社長への就任が内定していたが、一連の論文に反発した保守派が妨害工作に乗り出し、周氏の人事は頓挫してしまう。私は、この話を改革派と保守派の攻防に絡めて記事にした。

また、解放日報が１９９2年2月15日付で鄧小平の写真を掲載するという情報が入った。写真は深圳を訪問した際の非公開のもので、鄧の三女の鄧榕さんと一緒に映り、カメラマンとして知られた楊尚昆(ようしょうこん)元国家主席の息子の楊紹明氏が撮影したものだった。高齢となった鄧のこの種の写真はそれまでの1年ほどの間、国内の新聞に掲載されていなかった。改革推進キャンペーンを後押しする狙いがあったのだろう。事前に写真をもらい、解放日報が掲載したのと同じ日付で読売新聞に、「鄧小平氏の元気な写真／中国紙、きょう掲載」の見出しで記事を載せるという珍しい〝スクープ〟となった。

論文執筆グループの３人は、解放日報から賞金が贈られ、この年の中国版新聞協会賞とでもいうべき中国新聞賞も受賞した。これら褒賞の動きも中国メディアに先駆けて報じることができた。言論統制社会でも改革派が動くときは、メディアも精彩を放つことを教えられた。

## 記事の「検閲」と海外情報

中国政府は日常的に外国メディアの記事をチェックしている。どの国であれ、自国に関して外国メディアがどう報じたかは関心事であり、それを外務当局がフォローしているのは当然だろうが、中国では、政府が歓迎しない記事を書いた外国人記者が、報復として、ビザの更新を拒否された疑いが濃厚な事案が今なお続いている。

そうなると、記者側は当局批判につながると考えられるような記事を書く場合、当局の反応を気にせざるを得ず、無言の圧力となる。時には自己規制に追い込まれることもあるだろう。

私が国外退去処分を受けたケースでも、諜報機関である国家安全部門が徹底した記事のチェックを行っていることが明らかになった。インターネットのデータベースがいまだ普及していない時代に、対象期間が1年8カ月におよぶ記事4本をそろえて〝証拠〟として提示してきたのである。人海戦術が得意なお国柄である。各国・地域の言語に習熟した専門要員を配置し、外国のメディア報道をしらみつぶしにチェックしている様が想像された。

そもそも中国においては、国営の新華社通信や共産党機関紙「人民日報」など限られた中央メディアを除いて、外国の報道を直接引用したり、国際情勢について報道したりすることが認められていない。

例外的に国際情報専門紙として、新華社が発行する「参考消息」と人民日報系列の「環球時報」の２紙がある。前者は、外国メディアが報じた中国に関する記事の中国語訳を掲載している。後者は、中国の外交・安全保障政策を海外に伝える役割も担っており、対日問題に関する過激な論調で知られる。

こうした事情から考えて、中国当局は、国民が自由に外国の報道を見ることに神経質になっていることがわかる。一般市民が外国の新聞を直に読むことはまれだろう。外国の衛星テレビ放送が中国にとって好ましくないニュースを流せば、即座に放送の遮断措置が採られ、テレビの画面は真っ黒になる。もっとも、インターネットの普及により、市民が外国の情報に接する頻度は格段に高まっている。

「参考消息」の創刊は中国建国前の１９３１年と古く、題字の４文字は、作家・魯迅の筆跡から拾っている。同紙に翻訳掲載されている日本の新聞の記事も多い。この新聞に翻訳掲載された記事の本数を自慢する同業者もいたが、要は、中国にとって歓迎される記事ばかりを集めているのである。

おもしろいのは、この両紙がともに中国内で有数の発行部数を誇っていることである。中商情報網というウェブサイトによると、２０１４年の新聞の発行部数ランキングは、１位が参考消息

350万部、2位が人民日報280万部、3位が環球時報240万部となっている。国際問題を扱う新聞が1位と3位にランクされているのは、海外情勢に対する中国人の関心が高いからだろう。新聞に対する嗜好は、国民の間に愛国主義が高まりやすい土壌があることをうかがわせる。環球時報は中国内で「日本、米国、台湾のニュースに関心をもつ」新聞として紹介されている。記事が過激になればなるほどよく売れるという。なお、中国人は質よりも量を重視する傾向があり、日本で発行部数1位の読売新聞は中国で「最も有名な日本の新聞」の地位を確固たるものにしていると感じた。

## 盗聴と尾行

諜報機関の国家安全部門が、メディアに対し、盗聴、尾行を行っていることは常識となっている。北京の場合、かつては外国人記者の事務所、自宅を「外交官アパート」という、市内に何か所かある特定の居住区域に置く決まりになっていた理由の一つは、盗聴がしやすいことにあったと思われる。

5年に1度の共産党大会や毎年3月の全国人民代表大会（国会）といった共産党の重要行事が近

づくと、事務所の電話に突然、雑音が入ったり、通話中に自分の声が受話器から反響するようになったりした。明らかに盗聴されている気配があった。

尾行には2種類ある。その一つは、対象者の行動を監視するために行うもので、無論、相手に気づかれずに行われる。国家安全部門が、私の取り調べに着手するまでに、短くても数か月にわたる尾行を続けていたことが、尋問の内容からも感じ取られた。すでに触れたように取材相手との会食で使っていた飲食店の固有名詞を挙げて追及してきたのである。

尾行されるほうは、まったく気づいていないのだから、その時点では実害はない。やっかいなのは、もう一つのほうで、対象者を威嚇するために公然と行う尾行である。「お前を見張っているぞ」とばかり、行く先々に姿を見せてつきまとったり、食事に立ち寄った飲食店まで入ってきては隣のテーブルに座ったりする。まさに嫌がらせだった。

私のケースでは、事態の進展に伴い、２つ目の尾行も受けるはめになった。その執拗さと傍若無人な振る舞いにはほとほと参った。

最近では、末期の肝臓がんと診断されたノーベル平和賞受賞者の劉暁波（りゅうぎょうは）が服役中に遼寧省瀋陽市の病院に移され、２０１７年7月13日に死去する過程を取材した記者たちが公然尾行の受難者となっている。その筋の男たちにつきまとわれ病院に近づけない。携帯電話の通話中に怒鳴り声が割り込んでくる。記者会見場に乗り付けた記者の車の運転手が因縁をつけられて運転免許停止処分を食らった——という。この方面の事情は、昔も今も変わっていない。

尾行ではないが、一種の監視活動として国家安全部門が何らかの関与をしているのではないかと疑われたものに、北京空港における税関の手荷物検査があった。

当時の北京空港は日本人が入国する場合の手荷物検査はほとんどフリーパス状態であった。ところが、私が出張で香港に行き、北京にもどったときは、必ず税関で荷物を開けるよう求められ、その都度、香港で買い求めた中国関連の書籍を没収された。

そんなことが数回続き、没収された本は10冊前後に上った。同僚で同じ〝被害〟に遭った者は少なかった。当方がブラックリストに載っており、入国審査でパスポートがチェックされると同時に税関にも通報されるような仕組みが出来上がっているのではないかと思われた。こうした連携が出来るのは一党支配体制の強みであろう。

## 北京オリンピックと「規制緩和」

この章では報道統制について書いているが、中国が報道統制一辺倒というつもりはない。統制の緩和に向けた動きも出ている。例えば、外国人記者管理条例は施行から18年後、2008年8月に開催された北京オリンピックで転機を迎えることになる。

2008年五輪の開催地は、大阪も名乗りを上げた2001年の国際オリンピック委員会（IOC）モスクワ総会で北京に決まったが、北京には苦い経験があった。2000年大会の招致を目指して立候補した1993年のIOCモンテカルロ総会（モナコ）で、北京は本命視されながら、シドニーに競り負けている。敗因は人権問題とされた。総会開催時は、民主化運動を武力で抑え込んだ天安門事件から4年しかたっておらず、事件の記憶が生々しく残っていた。

2008年大会に向けても、招致の段階から海外では中国の取材規制に対する批判が高まりを見せた。前回の轍を踏むまいと、中国の招致委員会は五輪を取材する海外メディアに「完全な取材の自由を保障する」と〝約束〟していた。大イベントの成功に向け、当局が国際社会の反応に過敏になっていたことがわかる。

この方針のもと、北京オリンピック開催中と準備期間中における外国人記者の中国での「取材規定」が国務院令として発表された。

この規定は五輪を挟んで2007年1月1日から2008年10月17日までの1年10か月余りを適用期間とし、第6条で「外国人記者の中国での取材は、取材される機関・団体や個人の同意があればよい」と定めていた。

オリンピック期間中に限った時限措置とはいえ、これまで外国人記者管理条例が義務付けていた取材時の政府への申請・許可規定を削除したのである。

中国政府はさらに柔軟姿勢を見せた。規定の期限が切れる10月17日、この五輪方式を踏襲する形で、これまでの外国人記者管理条例に代わる新たな条例の公布を発表し、即日施行したのである。新条例は「外国常駐報道機関と外国人記者取材条例」として、名称からそれまでの条例にあった「管理」を外した。そして、取材される側の同意があれば取材できるとしたオリンピック方式を反映させた条文を盛り込んだのである。これは大きな進歩だった。

新条例発表についてはエピソードがある。中国外務省は、2008年10月17日午後11時過ぎ、北京駐在の外国報道機関に「緊急記者会見がある」と携帯メールで招集をかけた。

時間も時間なので、「すわ重大事か」と色めき立って外務省に駆けつけた記者もいたという。五輪時の規定が翌18日午前零時で切れる直前に深夜の記者会見が演出されたのである。当局もこの規制緩和を重要な一歩と位置づけ、世界にアピールしたかったのだろう。

外国人記者管理条例は１９８９年の天安門事件をきっかけとして事件の翌年に施行された。新条例の公布は、事件そのものの風化を象徴する動きといえる。なお、新条例は在日中国大使館のホームページに全文が日本語で掲載されている。(3)

## 拡大する言論空間

外国人記者管理条例をめぐる緩和の動きの背景には、さまざまな要因があろうが、共産党の言論統制体質自体には変化がないにしても、中国における言論空間が一昔前に比べれば格段に広がっていることがあると思われる。

私が北京にいた１９９０年代後半でさえ、建前上は当局への取材申請と許可が必要とされていたものの、政治とは関係のない、さほど〝敏感〟な部類に入らないテーマであれば、ある程度は自由な取材が可能となっていた。

その後の情報技術の急速な発展により、市民はネット上で意見表明することが可能となった。大きな出来事が起きれば、ネットユーザーがその場で〝ニュース〟を実況中継してしまうから、当局が情報を封鎖し続けることはもはや不可能である。

中国に駐在する外国報道機関の数も大幅に増えた。とりわけ変化が激しいのが上海だろう。外国報道機関が上海に駐在を認められたのは天安門事件3年前の１９８６年からだが、私が滞在していた１９９０年代前半に駐在していたのは日本の報道機関のみで、読売、朝日、日経、東京の新聞４社と、共同通信、ＮＨＫ，民放テレビ１社の計7社の7人だった。

それから四半世紀を経た２０１５年12月末時点では、上海市政府のウェブサイトによると、18か国の83社、１１２人となっている。これだけ数が増えてくると、管理するほうも、ひと苦労だろう。社会状況が変化する中で、外国人記者管理条例は有名無実化していた面があり、今回の新条例制定は、現状追認的な形で導入されたとも言える。オリンピック期間中の時限措置がさほど混乱をもたらさなかったことで当局側も自信を深めたのではないだろうか。

もっとも、新条例によって取材が全面的に自由化されたかといえば、中国では言行不一致はよくあることで、無論、そうはならない。取材相手の同意があれば取材できるとはいっても、中国の公的機関がそう簡単に取材に応じてくれるわけはない。

民主化運動に関わっている人物などの場合は、たとえ相手が取材を望んだとしても、諜報機関の国家安全部や公安などの要員が出てきて、妨害工作に出るのが常である。

また、活動家に対する締め付けは一向に変わっておらず、本人のみならず、家族まで巻き添えを食うはめになっている。ノーベル平和賞受賞者、劉暁波の妻、劉霞（りゅうか）さんは、劉氏が平和賞を受賞した２０１０年からドイツに出国する２０１８年７月まで自宅軟禁状態に置かれ、取材を試みた外国メディアの記者がいかに妨害を受けたかが何度も報道されてきた。この種の妨害工作は当局にとっていかなるメリットがあるのか理解に苦しむ。外国メディアを通じて現状が海外に伝われば中国のイメージ低下を招くだけだろう。

ともあれ、外国人記者に対する統制が形式上ではあれ、緩和されたこと自体は歓迎したい。小さな一歩であっても、次につながる一歩となることが期待できるからだ。

## 中央委総会の「情報開示」

その会議の日程が事前に公表されるようになったことに驚いた部類である。会議とは中国共産党の中央委員会総会（中国語は全体会議、略して全会）のことで、北京特派員にとっては重要な取材テーマとなる。私が北京にいた頃までは開催日程が公表されたことはなかった。それが、いつの頃からか前もって発表されるようになったのである。

中央委総会は、５年に１度開かれる共産党大会の閉会中、その職権を代行する党の最高指導機関の一つと位置づけられ、年に１回程度開催して重要政策を決める。

現在の中央委員会（中央委員204人、中央候補委員172人）は2017年の第19回党大会で選出された第19期中央委員会で、任期は次の党大会までの5年間である。その5回目の総会であれば第19期中央委員会第5回総会となり、日本のメディアは略して19期5中総会または5中全会と呼ぶ。

1992年に選出された第14期中央委員会以降、15期、16期、17期、18期と中央委員会は任期中に7回の総会を開くのが慣例となっている。

中央委員会総会の会場は、今も昔も変わらない。北京のメインストリートの長安街を天安門から西に6、7キロ行ったあたりにあるホテル「京西賓館（けいせいひんかん）」である。

もとは人民解放軍総参謀部（軍の改編で統合参謀部に継承されたとみられる）に所属し、「対外未開放」となっており、外国人が入ることはできない。数日間の中央委総会の安全確保や機密保持にうってつけなのだろう。鄧小平が主導し改革・開放に路線転換した1978年の11期3中総会もここで開催された。

かつては中央委総会の期日が事前に公表されることがなかったから、閉幕日に国営新華社通信が簡単な「公報」（コミュニケ）を報道して初めて開催の事実が公式に確認されたものである。新華社はその後、詳しい総会決定などの全文を公表する。

中央委総会日程の公表に驚いたのは、総会開幕の事実を確認するため、ひと苦労した思い出があるからである。

外国報道機関にとっては、コミュニケ発表まで待っているわけにはいかない。総会開幕日に「開かれた」という事実を伝える必要がある。日本にとっても重要な決定が予想される場合は、テーマや背景などにも踏み込んだ記事を書かねばならない。

そのため、我々は総会の都度、事前に仕入れた情報をもとに開幕日に京西賓館の周囲に〝張り込み〟に行った。実際に開幕したかどうかを、中央委員らしき人物が大勢建物に入ったとか、幹部用の高級乗用車が何台も駐車しているとかいったことで確かめ、関係先に当たって裏を取った。その上で、「中央委総会が始まった模様」などと記事を書いたものである。

会議の期日を隠すことに何の意味があるのか理解し難かったが、共産党の秘密主義の名残かと思われた。

共産党はいつから日程を公表するようになったのだろう。このくだりを書くにあたって、データベースで調べてみたところ、意外にも、公表されたのは、私が北京市国家安全局の取り調べを受けている最中のことであった。

１９９８年10月１日付の読売新聞に「三中総会、12日から／中国が異例の事前発表」の記事が出ている。共産党は、党第15期中央委員会第３回総会（３中総会）をこの年の10月12日から14日まで開催することを、国営新華社通信を通じて９月30日に発表したのである。記事を書いた同僚記者は

「今回の事前発表は異例」とコメントをつけていた。

新華社が総会日程を公表した9月30日といえば、私に対する取り調べが始まってから4日目のことで、ニュースをフォローする余裕はなかった。日程公表の時期が判然としなかったはずである。公表に踏み切った理由は不明のままだが、一つの進歩である。ほかにも気づかないうちに情報公開されているものがあるかもしれない。

## 党中央宣伝部の逆鱗に触れた?

情報開示の進展は歓迎すべきだが、中国の現地メディアが厳しい統制下に置かれていることに変わりはない。このことによる外国人特派員への影響も大きい。どの国においても、外国人記者にとって、現地メディアの報道は一次情報として頼りになる存在のはずだが、中国の場合、当局が報道することを認めた情報しか提供されないからである。

中国メディアに対する統制を統括しているのが共産党のイデオロギー工作を担い、メディアの総元締めといわれる党中央委員会の直属機関、党中央宣伝部（中宣部）である。

具体的に何をやっているのかというと、報道内容に対する介入である。広東省の週刊紙「南方週末」副編集長などを務め、中国のメディア事情に詳しい香港大学のメディア研究者、銭鋼(せんこう)氏によれば、中宣部の報道統制は、主要メディアの責任者を集めた例会、口頭や電話による禁止命令、事後検閲――などを通じて行われる(4)。

責任者を集めた例会は、意思疎通を意味する「通気」会と称され、「7報1刊」と呼ばれる、人民日報、解放軍報、中国青年報、経済日報、工人日報、光明日報、参考消息の主要7紙と党中央委員会の理論誌「求是(きゅうぜ)」の代表が出席し、発行前の統制が徹底される。禁止令は、その都度、報道してはならないテーマとして伝達される。

事後検閲は、10人前後からなる「新聞閲評組」というグループが担当する。発行された媒体をチェックし、マイナス報道を批判した「新聞閲評」を平均して毎日2回発行する。メンバーは、保守派系刊行物の元編集者ら退職したメディア関係のOBという。

共産党内における党中央宣伝部の力は、人事権を握る党中央組織部に並ぶほど強いとされる。文化大革命を発動した毛沢東は、上海紙「文匯報」紙上で狼煙を上げた。晩年の鄧小平が改革・開放の再号令をかけた「南巡講話」の前哨戦を展開したのは上海紙「解放日報」においてだった。北京は宣伝部の力が強く、自由に動ける余地がなかったからだともいわれる。

人民日報が運営するウェブサイト「人民網」が伝える中宣部の職能の一部は「党中央の委託を受け、中央組織部と協調して、文化部、国家ラジオ・テレビ総局、社会科学院、人民日報社、光明日報社、経済日報社、新華社などの報道機関の指導幹部を管理し、省、自治区、直轄市の党委員会宣伝部長の任免に対し意見を出し……」とある。主要メディアや地方の宣伝部門トップの人事権にも影響力を及ぼしているわけだ。

メディアは中宣部の命令に従わざるを得ない。歯向かえば、発行停止、記者や編集者の解雇といった憂き目に遭う恐れがある。改革・開放以降、新聞など中国メディアの経営は政府の財政保護を離れ、独立採算となり、発行停止となれば痛手は大きい。生殺与奪の権を握られているのである。

筆者の北京在任中の1997年、新聞2000紙余りと定期刊行物を合わせた新聞・雑誌の3分の1程度を停刊させる方針が内部で決まったことがあった。その年に予定された香港の中国返還と第15回共産党大会という重要行事を前に、内政の安定を優先させるためとされた。日頃からメディアの側で、漫画や同音異義語の見出しでカムフラージュしながら記事に政府批判を込めるといった〝抵抗〟が続いていることも背景にあった。

私は、この内部情報を原稿にし、97年1月5日付朝刊国際面に「中国、造反新聞を統制へ／全国2000紙中3分の1を年内に停刊」との見出しの記事を掲載した。8段囲み、漫画付きという目立つ扱いではあった。

この記事は、後に私が北京市国家安全局の取り調べを受けた際、安全局側が問題ありと指摘して提示した4本の記事の中に含まれていた。ただ、これは、安全局がマークしていた情報源とは別の筋から得た情報をもとに記事にしたものであった。そのためか、この記事について深く追及されることはなかったが、強い権力をもつ中宣部の逆鱗に触れたため、安全局としても取り上げざるを得なかったのかも知れない。

## 中宣部への異議申し立て

中国マスコミ界に絶大な影響力をもち、泣く子も黙る存在の中央宣伝部は、当然ながら、メディア業界や知識人の憎まれ役である。しかし、公然と批判する者はいない。報復が怖いからである。中宣部がいかに力をもっているかについて、米国の中国研究者で、クリントン政権下で国務次官補を務めたカリフォルニア大学サンディエゴ校のスーザン・シャーク教授が米中交渉における経験を披歴している。

一九九九年に、私はアメリカ政府代表団の一員として、中国政府と中国の世界貿易機関への加盟について交渉していたのだが、その際にも宣伝部の実力をまざまざと見せつけられた。他のほぼすべての分野が開放されつつある中で、中国側は外国の映画やテレビ番組の中国への流入だけは許さなかったのだが、実は、これは宣伝部の差し金だった[5]。

その数年後、新たな世紀に入ったところで、中宣部を真っ向から攻撃する書物が刊行された。邦訳は「中央宣伝部を討伐せよ」、筆者は当時北京大学助教授で新聞学を研究する焦国標(しょうこくひょう)氏である。中国内で出版できる内容ではない。もともとメールで友人に送った文章が思いがけずネット上に貼り付けられて広がり、香港の月刊誌などに掲載され注目を集めた。

「中宣部は一四の大病を患っている」として、その理不尽な活動を14項目にわたって論難しているのだが、中宣部が何ら根拠を示さないまま、ブラックボックスの中で統制を行なっていることへの異議を高らかに表明したものである。関心を集めたのは、統制下に置かれた多数のメディア関係者の思いを代弁したものであったからだろう。

この文章が公になったことで、焦氏は当局の監視下に置かれ、外国人との接触を禁じられ、嫌がらせ電話を受けるはめになった。交流のあった新聞社や出版社は原稿の掲載や本の出版を断ってきた。北京大学の職も失った。焦氏が受けた仕打ちは、中宣部の力がいかなるものであるかを物語っている。

中宣部は言論統制機関としてのイメージが強いが、改革・開放後間もない1970年代後半から80年代後半にかけての一時期、そのトップの中央宣伝部長には、元総書記の胡耀邦をはじめ、胡氏に近い朱厚沢（しゅこうたく）ら改革に積極的とされる人物が就いていた。古くは、やはり改革派として人気があった習近平氏の父親で元副首相の習仲勲（しゅうちゅうくん）も中央宣言部長を務めたことがある。その言論統制ぶりが厳重になったのは、天安門事件以降のように思われる。その点、外国人記者管理条例の施行と歩調を合わせている。

天安門事件によって共産党の威信は地に墜ち、一方で、言論の多様化が進む。インターネットという新たな媒体の登場により、情報の伝達力、発信力は格段に強まった。こうした中、イデオロギーの総元締めとしての中宣部の役割はかつてなく高まっているといえるだろう。検閲の対象はインターネットへと広がり、政府が危険とみなす情報のやりとりを禁じるインターネット安全法が２０１７年に施行された。ネット上では1元（２０１８年7月時点で約17円）の半分の５毛の報酬で共産党政権に有利な投稿を請け負う「五毛党（ごもうとう）」と呼ばれる集団が動員されている。

米国に拠点を置く中国語系ウェブサイト[6]は、中宣部など中国の情報統制機関を「真理部」と揶揄し、報道統制のために出される通知類を逐一掲載している。「真理部」は、かつてのソ連共産党機関紙「プラウダ」が「真理」を意味し、中国語で「真理報」と訳されたが、実際は真実を報じていないという皮肉に由来する。海外も巻き込んだ中国語系言論界と中宣部の攻防は今後、激しさを増していきそうな気配である。

中宣部はなぜ権力をほしいままにできるのか。「銃とペン」による統治を掲げてきた共産党の伝統に加え、経済面では改革・開放に転じたあとも、政治面では依然として社会主義の旗印を掲げている事情があろう。党内では、改革・開放に異を唱え、社会主義に忠実な保守的論調がなお幅を利かせている。現体制下で利益を得てきた人々、いわゆる既得権益層は、体制批判につながりかねない自由な言論の取り締まりを支持する側に回っていると考えられる。

党中央宣伝部がどのような指揮命令系統にもとづいて言論統制を行っているのかは、なかなか見えないところがあり、まさにブラックボックスである。集団指導体制のもとでは、最高指導部の政治局常務委員は職務を分担しているから、宣伝・イデオロギー担当の常務委員から大筋の指示が示されるのだろうが、中宣部のメディア規制にしろ、国家安全部の民主活動家封じ込めにしろ、どのレベルの判断が働いているのかは明らかではない。

個別案件の対応まで常務委員クラスが指示しているとは思われないし、まして党のトップが直接関与することはあり得ないだろう。何しろ、ブラックボックス内の動きである。長年の習慣に基づき、現場の判断で恣意的に行われているケースもあるのではないか。一党独裁と言ってしまえばそれまでだが、言論統制問題が報道されるたび、「習近平政権」の所業と一括りにすることにはいささかの違和感を覚えないでもない。その意味でも情報の透明化が求められる。

報道統制は、共産党の体質のようなもので、江沢民政権から胡錦濤政権、習近平政権へと、程度の差はあれ、受け継がれている。従って、指導部のあり方に根本的な変化がない限り今後も続くであろう。習近平政権が2期目に入り、習氏個人の権力基盤が格段に強まった感がある今日、あるいは体質の改善につながる可能性も出てくるだろうか。

1　元朝鮮労働党国際担当書記。１９２３〜２０１０年。１９９７年、訪日の帰路、北京の韓国大使館に亡命申請。韓国亡命後は評論活動などに従事。

2　「読売新聞」１９９８年2月28日

3　「中国、外国報道機関・記者取材条例を公布」２００８年10月18日

4　銭鋼『中国傳媒与政治改革（中国メディアと政治改革）』

5　スーザン・シャーク『中国　危うい超大国』

6　「中国数字時代」（CHINA DIGITAL TIMES）https://chinadigitaltimes.net/chinese/」

# 第4章　退去命令

## 執拗な公然尾行

国慶節の10月1日は、国民党との内戦に勝利した共産党主席の毛沢東が1949年のこの日、北京の天安門楼上で中華人民共和国の成立を宣言した日にちなむ重要な祝日である。「国慶」の名称は、古代中国で、皇帝の即位や誕生日を「国慶」と呼んだことによる。

建国から1959年まで、国慶節には天安門広場で軍事パレードが行われたが、60年以後は途絶え、改革・開放から6年後、建国35周年の84年にパレードが復活する。その後は、99年の建国50周年、2009年の建国60周年と節目の年にパレードを行うのが慣例となっている。2019年は建国70周年であり、盛大な催しが予想される。私が取り調べを受けた1998年は建国49年に当たり、そうした大がかりな祝賀行事はなかった。

当時は、今のように1週間も続く大型連休はなかったが、連休の少なかった中国で10月1日と2日は公定の休日となっていて、すがすがしい秋の行楽シーズンと重なっていることもあり、国民にとってひと息つける時期だった。

私に対する事情聴取は、国慶節前の9月27日から始まり、2日目の28日の取り調べが終わったあと、中断した。北京市国家安全局も休日態勢に入ったのかと思いたいところだったが、そう甘くはなかった。

連休明けまで呼び出しはなかったものの、別の手を打ってきた。第3章で触れた2種類の尾行のうち、行く先々まで堂々と姿を見せてつきまとう「公然尾行」をかけてきたのだ。その徹底ぶりはすさまじかった。

中国語に「流氓（リウマン）」ということばがあり、辞書には「ごろつき、与太者、無頼漢、ならず者、チンピラ」といった訳が並んでいる。(1)そうした人々と接したことはなかったが、国家安全局のやり口は、旧刑法の罪名にもなっていたその単語を連想させた。

取り調べが始まるとともに、当時住んでいた北京市・建国門外の外交官アパートの正門に通じる路地には、国家安全局の要員がたむろし始め、こちらの行動を監視するようになった。存在を誇示するように姿を見せ、取り調べに出向く以外に外出する際はつきまとうようになったのだ。

ある夜、気晴らしにと、妻と長男を連れて市内に食事に出たことがあった。アパート前で客待ちしているタクシーを拾って向かったのだが、すぐに車が後をつけてくるのがわかった。それも1台ではなく、複数の車両が追ってきた。

われわれ家族は車で10分ほどの小さな日本料理店に入った。すると、彼らも続々と店内に入ってきた。その数は10人近くもおり、無言で店内を歩き回ったり、私たちの席の隣のテーブルに座ったりしたが、何を注文するでもなかった。

ほかの客が気味悪がり、店員が注意に及んでも無視していた。私たちはそそくさと食事を終え帰宅するしかなかった。無論、彼らも往路と同じように自宅前まで追跡してきたのである。

2日間の休日中は、好天に恵まれた。家族と外に出て気分転換をすることにした。

ふだんは仕事以外ではほとんど行く機会がなかった天安門広場や天壇公園、万里の長城などの観光地に出かけた。

おそらく、この時の感覚だろう。

緊張感から神経が過敏になっていたからかも知れない。天安門広場で感じた空の高さと青さ、からっと乾いた空気が醸し出す爽快感が今も残っていて、時々、国慶節のイメージとしてよみがえるような気分になる。もっとも、大気汚染が急激に悪化した昨今は、そんな感覚をもつことはできなくなったのかもしれない。

しかし、そのような気分に長く浸っている余裕はなかった。ここでも北京市国家安全局員による公然尾行が始まった。天安門広場の人混みの中を幼子の手を引いてぶらつくと、彼らもぞろぞろ付いてきた。

壮観だったのは、万里の長城に行ったときのことである。北京中心部から長城見学の拠点である郊外の八達嶺（はったつれい）まで約60キロある。今では北京北駅～八達嶺駅間の列車が通じているが、当時の移動手段は車しかなかった。

１時間余りのその行程を、我々を乗せた支局運転手の車が前を走り、その後を尾行する国家安全局の車が数台連なった。尾行の一行にはオートバイも加わり、万里の長城を目指して、ちょっとした団体ツアーの車列のような趣だった。

## 〝名刺ばらまき事件〟

尾行の最中、彼らがこちらに対し、何かことばを発することはなかった。お前を見張っているぞと、わざと姿を見せてつきまとい、精神的に圧力を加えようとする作戦だったのだろう。まさに「無言の威圧」だった。

尾行されるほうは、心細さが募った。とりわけ、自国の主権が及ばない異国の地、しかも自由が制限された国であるだけに、いつか拘束されるかも知れないという不安が増幅した。

そうなった場合、助けを求める術はない、多勢に無勢どころか孤立無援である。そんな思いにとらわれることもあった。相手をそうした心理状態に追い込むのが国家安全局の狙いであったに違いない。公然尾行の効果は絶大だったと言わざるをえない。

こんなこともあった。私は最終的に72時間以内の国外退去を命じられたが、対象は私個人に限られ、家族は荷物の整理や諸々の後始末をしなければならず、帰国したのは、私の退去から5日後のことだった。私が出国した翌日、家族が残って居住していた外交官アパート1階のエレベーターホールに私の名刺がばらまかれる〝事件〟が起きた。枚数にして数十枚はあったという。国家安全局による取り調べ初日に行われた自宅と事務所の家宅捜索では、名刺数箱も押収されていた。その中の1箱分ほどがばらまかれたらしかった。

また、私が2回目の取り調べを受けていた最中の9月28日午後、2人組の男女が自宅を訪ねてきた。国家安全局の者だと名乗り、応対した妻に私が在宅しているかどうかを聞いた。在宅していないことがわかっていながらの訪問である。無論、妻は「不在（プーツァイ）（いません）」と答えるしかなかった。

これらの出来事も心理的に圧力を加える一種の陽動作戦だったのだろうが、関係のない家族にまでこのような行為におよぶのは、それこそ「流氓」もかくやと思わせた。

私の退去後もなお押収物をばらまくという嫌がらせをするにいたっては、目的を達成するためには手段を選ばない、一党独裁政権下の諜報機関というものの薄気味悪さを感じさせた。

それにしても、中国の諜報機関によるこの種の執拗な嫌がらせの仕方は、いかなる伝統に由来するものなのか。いまだその来歴を納得させてくれる典拠に出合っていない。

## ３回目の呼び出し

国慶節の休暇明けから１日挟んだ10月４日、北京市国家安全局から３回目の呼び出しがかかった。２回目の取り調べから５日ぶりとなるこの日は日曜日で、彼らが事情聴取に着手した９月27日も日曜日だった。嫌な予感がした。

早朝、自宅に電話があり、午前８時に自宅がある建国門外外交官アパート正門前に迎えの車を寄越すと言ってきた。

定刻に指定された場所に行くと、顔馴染みになった安全局員が黒のトヨタ・クラウンの車内で待っていた。こちらはいくぶん緊張しながら、乗り込む。

車は、これまで２回の取り調べが行われた北京中心部にある北京市国家安全局のアジトと思われる建物とは反対方向、南に向かって進んだ。

その頃の北京は、今ほど大気汚染はひどくなく、北京空港から連行された日と同様の、からりと晴れ上がった北京の秋特有の気持ちのいい天候が１週間続いていた。

しかし、こちらの気分は晴れない。車が未知の方角に向かって走り始めたことで、このまま拘束されるのではないかという不安が募ってきた。どこに行くのかと聞いても、同乗者は無言だった。

1時間ほど走っただろうか。畑もちらほら目に入る北京市街の南郊とおぼしきあたりの建物の前で車が止まった。

その建物の正面にかかった表札には「看守所」の文字が見え、その上に「北京第○」と数字がついていたと記憶するが、それが何番だったのか思い出せないでいた。最近になって、中国の検索サイト百度で調べてみたところ、北京市第1看守所が、北京市朝陽区豆各庄（とうかくしょう）というところにあり、当時住んでいた北京市建国門外から直線距離で南東に約10キロにあたることがわかった。位置関係から考えて、ここに間違いないと確信した。そこは北京で最大の看守所であるという。

百度の説明では、看守所は「犯罪容疑者の臨時の拘留場所」となっており、日本でいえば、警察に設置されている留置場と同様の機能を担っているようだ。

２００９年から中国の一部の看守所は定期的に社会に開放されているという。百度には、12年10月25日、米国、英国、ドイツ、フランスなど20余りの国・地域の記者40人ほどがこの看守所を取材に訪れた模様を伝えた中国メディアの記事が紹介されている。記者たちは収容者には接触せず、主に、施設の説明を受けたようだ。収容者間で問題が起きた場合に備え警報システムが導入され、心理療法の有資格者が配置されていることなどが触れられている。看守所の開放は、当局が刑事事件の容疑者の人権に配慮していることを強調する狙いがあるとみえる。

当方にとっては、このとき、これまでのアジトのような場所での非公式な取り調べから、正規の身柄拘束施設に移されたことになり、俄然、緊張が高まった。

中国の身柄拘束に関する法制度は日本より複雑で、適用範囲も広く、罰則を受けやすい特徴があるとされる。身柄拘束は、刑事事件の容疑者に対するもののほか、行政処分、行政強制措置、司法措置などさまざまなかたちでなされる。

## 「これまでの取り調べとは違う」

北京市第１看守所での取り調べが始まった。

取調室は比較的広い部屋で、小ぶりの小学校の教室のような感じだった。これまでと同様、教壇にあたる側に取調官の男３人が並んで座り、私が向かい合っていすに座る格好になった。

これまでと違うのは、取調官が私服ではなく、深緑色の制服を着用していたことで、公安職員か裁判官のような印象を与えた。いずれも初めて見る顔だった。何らかの決着をつけるという意気込みを秘めているような雰囲気があった。

冒頭、真ん中の男がそうした決意のほどをよく通る声で簡潔明瞭かつ厳粛に告げた。

「これまでの２回の取り調べとは違うぞ」

こちらの対応いかんによっては、法的な処分も辞さずといった威圧感がことばにこもっていた。

名前、生年月日、職業など人定尋問から始まった。過去2回の取り調べと同じように、私が書いた4本の記事について、だれから情報を取得して記事を書いたのかという点に質問は集中した。

4本の記事のうち、3本については同一人物からの情報提供によるものだった。その名前を私に吐かせることが目的であることはすでに明白になっていた。

残りの1本については、別の人物から得た情報をもとに記事にしたものだったが、安全局側はわざわざ情報源の違う記事を紛れ込ませることで追及の効果を上げようとしたのかもしれない。

そうすることによって、3本の情報源が際立つからなのか、他の1本の情報源も知りたかったのか、理由はよくわからない。これまでの経緯からみて、後者の情報源には興味を示していなかった。

こちらは原則論に終始した。

情報源の秘匿は新聞記者にとって大原則である。その原則が守られないと、新聞は信頼を失う。そうなれば、情報が取れなくなり、読者の知る権利に応えられず、新聞の使命を果たせなくなる。

そんなことを繰り返しながら、「情報源は言えない」と拒み続けた。

そもそも、新聞や言論の位置づけが日本とは異なる中国のことである。まして、自由な言論を取り締まることを職務とする彼らにとってみれば、情報源の秘匿などという理屈は理解できず、何の意味も持たない主張であったに違いない。

安全局側は、これまでのように国家機密の件を持ち出した。特に、押収した文書の中に、最高機密の「絶密」が何件、別のクラスのものが何件あったなどと述べ、それだけで懲役何年の罪になる、ただ、彼らに協力すれば処分は寛大になるという点を繰り返した。

ここでも、どの文書がどのランクにあたるのかという説明はなく、焦点は、安全局が欲している人物の名前を私が言うか言わないかという1点に絞られていた。

その人物がだれであるかを、彼らは事前に突き止めたうえで私に対する取り調べを始めたのである。「中津が○○から情報をもらったと証言した」というひと言を取るために。

またしても、「言え」「言えない」の堂々巡りとなった。

やりとりは前2回の取り調べとさほど変わらなかったが、威圧をかける度合いはかなり強くなった。取調官は「お前は20年間拘留されることになる可能性がある」「家族とは会えなくなる」「記者生命も終わるだろう」などと、声を荒げる一幕もあった。

取り調べは、小休止を挟んでしばしば中断しながら、午前9時頃から午後3時頃までほぼ6時間にわたって続いた。

しかし、進展はなく、次の段階に移ることになる。

## 独房に入る

最初の取り調べの段階で、こちらがすんなり口を割っておれば、恐らく、そこで済んだのだろう。しかし、ここまで来た以上、原則を曲げるわけにはいかないと、こちらも意地になっていた。ことばによる脅しはあったものの、暴力的な威圧行為はなかった。それがあったら、どこまで持ちこたえられたか、心許ない。

今から思えば、一向に協力しようとしない頑固な日本人記者に少し灸を据えてやろうという程度の措置だったのかもしれない。私は独房に入れられることになった。

看守所内に「拘留所」のプレートがかかった一画があった。まさに日本の拘置所といったところだろう。

入り口で腕時計、ベルトを外し、靴を脱ぐよう命じられ、それらを押収された。そのほかは来た時の服装のままの姿で、係官に先導されて暗い廊下を進んだ。両側に監房があるらしかった。

途中、鉄扉が2か所に設けられており、その都度、係官が鉄扉に取り付けられた錠を鍵で開けてくぐり、それに従った。いずれの鉄扉の前にも銃を構えた兵士が直立不動の姿勢でにらみを利かせていた。

ひとつの独房のドアが開けられ、命じられるまま中に入った。外から鍵がかけられた。広さは6畳ぐらいで、ベッドとトイレがあるだけの殺風景な部屋だった。無論、時計はなく、ここに長く収容されれば、時間の感覚がなくなるだろうと思われた。ドアに小さなのぞき窓があった。

北京空港から連行され、最初の取り調べを受けた日から、この日は8日目だった。途中、数日間の中断を挟んだとはいえ、相当のストレスがたまっていたのだろう。

部屋に入れられると、どっと疲れを感じた。胃のあたりがかすかに痛んだ。そのまま横になった。どれぐらい時間が経ったのだろう。目を閉じて横たわっていると、突然、大声で怒鳴られた。

「何をしているのだ。ちゃんと座っていろ」

見回りの係官の目が、のぞき窓からにらんでいた。

なぜ、怒鳴られなければならないのか解せなかったが、どうやら、房内では就寝時間以外は座っていなければならない決まりになっているようだった。

仕方なく座っていると、しばらくして食事が差し入れられた。洗面器のような容器にスープと米飯を一緒に入れたものだった。

見た目は北京市民がふだん食べているような食べ物だったが、胃が弱っていることもあったのだろう。吐き気を催すような独特の臭いが鼻につき、情けないことに一口も食べられなかった。わざと食べにくくしているのではないかと思わせるほどの代物だった。

四面を白っぽい壁に囲まれた部屋の中に閉じ込められていると、時間の経過が分からなかった。言いようのない不安が襲ってくる。こうした状況に追い込むことが、先方の狙いなのだろうが、このまま拘留されることになるのではないかと心細くなった。

朝からの取り調べ中、繰り返し脅された言葉が頭を去来した。

「20年間拘留される可能性がある」

「家族と会えなくなる」

「記者生命は終わる」

今後の展開、家族のこと、仕事のこと、とりとめのないことが頭の中をよぎった。

手荒い仕打ちを受けることはなかった。そこは同じ取り調べでも外国人と中国人で対応に差があるのだろう。

２０１５年７月９日以降１年間で、中国の人権派弁護士３００人以上が拘束され、一部が国家政権転覆罪などで起訴された事件では、弁護士という司法のプロに対する違法な取り調べが伝えられている。

保釈された弁護士は、尋問で寝かせてもらえず、数日後にめまいがして死を覚悟し、怖くなって〝罪〟を認めたなどと日本のメディアに証言している。拘束された別の弁護士の家族には常時、尾行がついたとも伝えられた。ある家族は小学校に上がる予定の娘の入学手続きが妨害され、入学できそうにないとの報道もあった。

拘束された弁護士の妻や支援者らを追った香港のドキュメンタリー映画「７０９の人たち――不屈の中国人権派弁護士とその家族たち」は法を無視した当局の理不尽さと、妨害や圧力に屈せず抗議を続ける女性らの健気さを描いている。

こうした厳しい取り調べに比べれば、当方に対するそれは生ぬるいものであったが、それなりにこたえた。

## 手錠をかけられ宣告

独房に入れられてどれぐらい時間が経ったのだろう。3、4時間程度のようでもあり、7、8時間のようでもある。時間の経過が分からない。のぞき窓を通して外が暗くなっていることが分かった。突然、独房のドアが開けられ、「出ろ」と命令された。取り調べが再開されるという。この時、両手に手錠をかけられた。

手錠姿のまま、もと来た廊下を戻る。途中、例の銃を構えた兵士が立つ2つの鉄扉をくぐり、取調室のもとのいすに座って取調官と向き合った。

「どうだ、しゃべる気になったか」

独房に収容した効果を探るように、取調官が穏やかな声で聞く。

「私が言わなくても、あなたたちにはすべて分かっていることではないか」

私はそう答える。

それでも、相手側は、あくまで当方に自供するよう要求した。

こちらが拒否すると、取調官は一転して、「お前は態度が悪い」と語気を強めて怒鳴った。またしても、「言え」「言えない」の繰り返しがしばし続いた。

ついに、取調官はもはやこれまでと意を決したように宣告した。

「中華人民共和国国家安全法第30条にもとづき、72時間以内の国外退去を命じる。5年間、中華人民共和国への入国を禁止する」

「72時間以内の中国からの国外退去と中国への5年間の入国禁止」――これが、大げさに言えば、北京市国家安全局と繰り広げてきた8日間におよぶ攻防戦の最終処分だった。国家機密の取得、所持、報道が理由として挙げられた。

「やれやれ、やっと終わった」というのがその瞬間の正直な気持ちだった。

「20年間の拘留」は杞憂に終わった。長期拘束の懸念がなくなったこと、自分が原則を貫き通せたことで安堵感が沸いてきた。同時に、疲れを覚えた。

最後に調書に署名した。独房に入れられる際に押収された腕時計、ベルト、靴を返された。時計の針は午後8時半を指していた。朝、ここにやって来てから11時間半が経っていた。

この時の国家安全法は１９９３年に施行されたもので、その内容は２０１４年11月施行の反スパイ法に引き継がれ、国家安全法は廃止された。２０１５年7月に新たな国家安全法が施行されたが、こちらは国の安全保障を中心に規定した全く別の法律である。

処分の根拠とされた旧国家安全法第30条は、反スパイ法第34条と一字一句同じ内容であり、「境外の人員（外国人ら）で本法律に違反した者は、『限期離境』（期限を切って出国させる）あるいは『駆逐出境』（国外に追放する）とすることができる」と中国語にしてわずか21字の短いものである。

条文にある2種類の措置のうち、日本でいう「国外退去」は、後者の「駆逐出境（国外に追放する）」がしっくりくる気がするが、宣告されたのは前者の「限期離境（期限を切って出国させる）」のほうであり、期限を72時間に切られたわけである。

中国では一般的にこの2つの措置は明確には区別されていないようだが、英訳は、「限期離境」が〝ordering him to leave the country within a certain time〟、「駆逐出境」が〝expel him from the country〟とされており、後者のほうが強制の度合いが強い印象を受ける。

日本の入管法には、「退去強制」と「出国命令」の規定がある。これらの処分を受けた者が再入国を禁止される期間は、「退去強制」の5年に対し、「出国命令」は1年と短い。

私が受けた「限期離境」という処分は、入管法の「出国命令」に近いようでもある。北京市国家安全局は「最も軽い措置」を強調したが、事案の内容からして、「72時間以内の出国命令、5年間の入国禁止」処分は〝寛大〟なものであるという意味合いだったのかもしれない。私に対する処分をニュースで伝えた英語メディアは〝expel〟（追い出す、追放する）を使っていた。

手錠をかけられ、処分を宣告される場面は、ビデオで撮影された。中国のテレビで、中国人の容疑者が同様の姿で〝犯罪事実〟を自供するシーンが流されることがあるが、中国人にとっては当然のことながら自国からの国外退去処分はあり得ず、何があっても国内にとどまらざるを得ない。容赦のない追及が行われれば、いかに強い精神力の持ち主であろうと、それを逃れるのは容易ではないだろう。

## 「協力していれば仲良くなれた」

すべてが終わった。この日の朝、自宅からこの看守所へ来たときと同じように、担当の北京市国家安全局員の男と一緒に車で帰途についた。今から20年前の秋真っ盛りのこの時分、北京郊外の夜は一面が暗闇だった。

私は心身の疲れを感じ、虚脱感に包まれた。何も話す気にはなれなかったが、同行の安全局員は、自分が関わった一件にひと区切りついたことで、さばさばしているふうに見えた。

いつもは寡黙にしていた男は、珍しく、業務以外の言葉をかけてきた。

「最初から協力してくれていたら仲良くなれたのに。残念だったな」

男はそれまで封印していた日本語をこの時初めて口にした。なかなか流ちょうだった。

このシーンを思い起こすたび、ある思いにとらわれたものだ。この男をはじめとする日本担当の北京市国家安全局員たちは、自らが関わった事案で「仲良くなった」日本人が何人いたのだろう。

この日10月4日が、取り調べの始まった9月27日と同じく日曜日だったのは、偶然ではなく、安全局が、多くの職場が休みになる日を選び、できるだけ人目を避けて事案を処理することを意図したものと思われた。その点では、穏便に済ますことに配慮しつつ、当初から計画されていたタイムテーブルに沿って事は進められたものと推定された。後に、この処分が数日前に決まっていたとの情報を耳にすることになるが、そうだとしたら、この日の宣告は一種の儀式的な意味合いをもつものでしかなかったのかも知れない。

ひとりの外国人記者の身に降りかかったトラブルなど取るに足りないことであろう。中国国内はいつもと変わらず動いていた。

江沢民共産党総書記（国家主席・中央軍事委員会主席）はこの日10月4日から、江蘇省、上海市、浙江省への4日間の農業・農村視察を開始していた。

後に習近平政権下で全人代常務委員長となる浙江省トップの張徳江（ちょうとくこう）・省共産党委員会書記は同日、省内嘉興市で農産品・農業科学技術交流会を視察していた。

この年1998年、中国は長江の大洪水に見舞われている。死者は2000人以上に上り、江沢民氏は水害対策の陣頭指揮をとるため、9月に予定されていた日本公式訪問を11月に延期したほどだった。指導部は「三農」と呼ばれる農村、農業、農民生活の復旧に躍起となっていたのである。

翌10月５日は、その起源が唐代初期にさかのぼるといわれる伝統行事、旧暦８月15日の中秋節だった。中秋の名月を愛でながら、家族団らんを願い、月餅を食べる習わしがある。中国でこの日が法定の祝日となったのは、２００８年からで、この年は平日の月曜日だった。

だが、私は家族のもとにもどることができる解放感にも似た気分に浸っていた。

## 北京を去る

北京を退去したのは１９９８年10月６日午後２時50分、北京発・成田行き日本航空（ＪＡＬ）７８２便によってであった。「72時間」以内の退去を申し渡されたが、宣告から48時間も経たないうちに北京を後にした。一刻も早く出国したほうがいいとの社の方針に従った。携行した荷物はショルダーバッグと身の回りの品を詰めたスーツケース一つだけだった。

退去をあと１日延ばしたとしても大差はなかったが、無論、引っ越し準備をする余裕はなく、２年２か月余り住んだ住居の後始末は家族に押しつける結果となってしまった。

家族が同じＪＡＬ７８２便で日本に戻ったのは５日後の10月11日のことで、その間の慌ただしさは想像するに余りある。同僚や支局の中国人スタッフ、日本人の知人らが手伝ってくれたと聞き、感謝した。

　北京での最後の晩餐ならぬ午餐を、帰国の途につく間際、中心部の東城区朝陽門北大街にある、スイスホテルが入る港澳（こうおう）中心（香港・マカオセンター）の中華レストランで日本大使館の館員数人、職場の上司とともにとった。こちらは疲れがたまっていたし、相手も気を遣い、慰労してくれたが、事件の核心に触れるような話はなかったと記憶する。

　私が帰国した10月6日、読売新聞は事実関係を公表し、併せて老川祥一編集局長（現読売新聞グループ本社取締役最高顧問・主筆代理）のコメントを出した。

　公表内容は、北京市国家安全局が私の取材に違法行為があったとして3回の取り調べと自宅、事務所の家宅捜索を行い、押収した文書に国家機密が含まれるとして情報源を明らかにするよう求めたが、私が拒否したため、国外退去処分となった――という簡単なものである。

　編集局長のコメントは「記者の行動は通常の取材活動の範囲内だったと確信しており、文書類の入手ルートなどを明かさなかったのも、取材源の秘匿という報道倫理に沿ったものと考えている。中国治安当局が国家安全法違反と認定し、記者を国外退去処分にしたのは誠に遺憾」などとするものだった。

　これを受け、日本の新聞各紙は翌10月7日付朝刊に記事を掲載した。各社の見出し、扱いは次のようなものであった。

読売新聞「本社特派員を退去処分／中国〈機密文書〉所持で」（2面2段）
毎日新聞「中国、読売記者に退去処分」（2面2段）
日本経済新聞「読売北京特派員国外退去処分に」（2面1段）
東京新聞「読売北京特派員国外退去処分に／国家安全法違反で」（社会面1段）
朝日新聞「中国、読売新聞記者に退去処分／〈国家機密文書所持〉」）（第3社会面3段）
産経新聞「中国　読売記者を国外退去／北京支局など捜索／〈国家秘密を違法報道〉」（第4社会面4段）

各紙の記事は2面か社会面に掲載され、地味な扱いだった。中面ながら4段扱いと比較的目立つ取り上げ方をしたのは産経で、青木彰・東京情報大教授の談話を載せ、「国家体制が違うとはいえ残念」との見出しを取った。英字紙ジャパン・タイムズは2面で〝China security body expels reporter（中国の治安機関、記者を追放）の見出しを立てた。

外国通信社は、AP、AFP、ロイターなどが東京発で記事を配信した。それを引用する形で、香港紙は、華字紙の「星島日報」、「明報」、「東方日報」、「蘋菓（りんご）日報」、英字紙の「ホンコン・スタンダード」など主な新聞が伝えている。台湾でも「中国時報」「台湾日報」などに掲載された。

欧米の反応については後で触れるが、日本国内の反応は総じて抑制されたものだった。当時の中国はまだ勃興途上で、中国に関するニュースは日本では今のように大きく扱われることはなかった。さらには、公表された事案の内容が限られていたため、全容の把握が難しかったこともあっただろう。

だが、最も大きな要因は、次章で見るように日本の中国報道が特殊な枠組みのもとに置かれてきたために、報道のスタイルとして、当時はまだ日中友好を重視してきた影響が残っていたことも作用したのではないかと思われる。

それは日中関係そのものの特殊性でもある。１９９８年という年は、日中平和友好条約締結から20年の節目の年に当たり、私が帰国した翌月の11月には中国国家元首による初めての日本公式訪問として、江沢民氏の来日が予定されていた。この時期、メディアの側に、事実の報道もさることながら、江沢民訪日に水を差すような報道を控えようとする機運が無意識のうちに醸成されていたのではないだろうか。

なお、海外の反応は言論の自由をめぐる考え方や中国との関係によって微妙な違いを見せた。私を支持してくれた媒体の一つに、台湾の在日代表部に相当する台北駐日経済文化代表処が週刊で発行していた日本語の「中華週報」があった。そのコラム「春夏秋冬」は面映ゆいほど持ち上げてくれたあと、ジャーナリズム関連の２つの国際組織が中国政府に抗議文を送ったことに触れ、「当の日本でこうした動きの見られないのは残念であり、不思議でもある」と結んでいた。[2]「中華週報」は２００４年に「台湾週報」となり、翌05年から紙媒体を廃止し、ネット版のみとなっている。

## 安全局員の言葉の意味

国外退去を宣告された10月４日夜、北京市郊外にある看守所から車で帰宅する途中、随行した北京市国家安全局員の男が語った言葉を反芻し、その言葉の持つ意味を考えた。それはいくつかのことを示唆しているように思われた。

「最初から協力してくれていたら仲良くなれたのに。残念だったな」

この言葉が連想させたのは、中国国家安全部が協力者をリクルートする伝統的手法についてであった。中国の諜報機関が外国人記者を徴募する手口の一つは「情報提供のわなを仕掛け、処分と引き換えに情報機関への協力を求める」ことであるという。[3]

私の場合、「情報提供のわな」に相当するものとして「取材に違法行為があった」あるいは「国家機密を違法に入手した」などという圧力がかけられ、「情報源」を明かすよう追及された。その要求に応じていれば、処分と引き替えに彼らと「仲良く」なり、北京にとどまり続けながら、協力を求められる立場になっていた可能性があったかも知れない。

北京市国家安全局が最後まで「情報源を明かせ」と執拗に求めたところに、彼らの狙いが透けて見えるようだった。それは、摘発すべきは、日本人記者による国家機密の所持や報道ということよりも、むしろ「情報源」そのものだったのではないかということである。私は、いわば本命を落とすために「わな」をかけられた対象であり、私に期待されたのは彼らへの「協力」だった——のではないか。

それでは、なぜ、北京市国家安全局はそれほどまでに情報源の追及にこだわったのか。それは、当時の江沢民政権の成り立ちに関わることがらに関連して危機感を抱かざるを得ないような事態が起きていたか、起きつつあったためではなかったのだろうか。共産党そのものの存立に対する危機感と言い換えてもいいかもしれない。

1　小学館『中日辞典』

2　「中華週報」１９９８年11月５日

3　ニコラス・エフティミアデス『中国情報部』

# 第5章　日本の中国報道

## 第19回共産党大会の報道検証

報道統制下に置かれた中国では、そもそも情報を入手すること自体が容易ではない。このため、非公開情報を報道する場合、裏取りが難しく、間違った内容が流れることもある。誤報である。

２０１７年10月18日から同月24日まで開催された中国共産党の第19回党大会に関する日本の新聞各紙の報道を検証してみたい。党大会開催時、筆者は勤務先の新聞社大阪本社から大阪府枚方市にある大学に出向中であったため、参考にしたのは全国紙の大阪本社版のうち、大阪市内の自宅で購読している読売は原稿の締め切りが最も遅い最終版、それ以外は、締め切りが最終版より一つ早く設定された、職場に配達される版を参考にした。

党大会報道の醍醐味は、開催前に指導部の顔ぶれを予想する人事報道であるが、経験からすれば、党大会の人事を共産党筋から事前に入手することは不可能に近い。党大会の前後は情報封鎖が一段と徹底されるからだ。仮に情報が漏れれば、犯人捜しが始まり、特定にいたれば厳罰が待っている。普通の神経の持ち主なら情報を漏らそうとはしないだろう。従ってメディアに流れる情報は根拠が薄弱な怪しい代物も少なくない。「共産党筋」とあっても、ピンからキリまである。

今大会で習氏が「慣例」を破った事例の一つは、最高指導部の政治局常務委員に後継者と目される若手を入れなかったことである。事前の予測では、いずれも50歳代半ばの胡春華（こしゅんか）・広東省党委員会書記と陳敏爾（ちんびんじ）・重慶市党委員会書記の常務委員昇格が有力視された。胡氏は党の下部組織である共産主義青年団（共青団）派、陳氏は習総書記が地方省トップを務めた時代の子飼いである。特に、陳氏は、直前に失脚した前任の重慶書記の後釜にすわったばかりだったから、さすがに後継候補はあり得ないと思っていたが、開幕まで１週間を切った10月12日付で読売、朝日が胡、陳両氏の常務委入りを予測するなど各紙は終盤まで２人の抜てき説に引っ張られた。結果は両氏とも常務委入りはならなかった。

日本の新聞紙上で正確な常務委７人の顔ぶれが出そろうのは、党大会閉幕の翌日の10月25日、当人たちが選出される第19期中央委員会第１回総会（１中総会）当日の夕刊で、読売、日経、産経は、これら７人が「選出見込み」とし、朝日、毎日は「後継の処遇が争点」などと、なお流動的な要素がある可能性をにおわせた。

実は、すでに香港紙（18日付「明報」、22日付「サウスチャイナ・モーニングポスト」）などで７人のリストは報道済みであり、日本のメディア報道もこれらを踏まえたものとみられる。私が見た限りでは、最も早く正確な人事を報じたのは北米を拠点とする中国語ニュースサイト「博訊（はくじん）」で大会開幕前日の10月17日の時点で「独家（スクープ）」として７人の名前をそろえて掲載していた。

残念ながら、日本勢の「スクープ」は外れが目立った。

毎日新聞は、党大会まで2か月近く前の8月28日付朝刊1面準トップで「習氏後継 側近・陳氏内定」の見出しをつけ、陳敏爾・重慶書記が2段飛びで政治局常務委入りし「習氏の後継者に内定する人事が固まった」と打った。続けて同紙は、党大会開幕前日の10月17日付朝刊1面トップで、「陳氏、中国副主席に 人事内定〈ポスト習〉固まる」の見出しを掲げ、陳敏爾氏の常務委昇格と国家副主席就任の内定を報じた。陳氏へのこだわりが強かったようだが、大誤報を2連発する格好となった。すでに見たように、陳氏の常務委入りはならず、党大会の翌２０１８年3月の全人代で決まった国家副主席人事も外れた。

日経は8月29日付朝刊1面トップで「習氏、3期目可能に 中国 定年ルール変更 秋の党大会で」とし、68歳定年制の党の慣例を変更するとの見通しを伝えた。大会でそうした決定がなされたという情報はなく、習近平氏の盟友として腐敗摘発運動の先頭に立ってきた王岐山氏（党大会開幕時69歳）が常務委員を引退したことにより、むしろ慣例は守られたとみるのが妥当だろう。

その後、国家主席の任期を2期10年とする規定を憲法から外す憲法改正が18年3月の全国人民代表大会で行われ、習氏の任期延長に道を開くものとの見方が広がっている。ただ、習氏が3期目を務めるのかどうかは目下のところ見通せず、党内の68歳定年制の慣例との関係も不明である。

朝日は10月12日付朝刊3面で、「反腐敗トップに栗戦書氏 習主席の最側近昇格へ」とやり、習近平総書記の秘書役の党中央弁公庁主任だった栗戦書氏を王岐山氏の後任の中央規律検査委員会書記に就けるとの人事を報じた。大会後、同書記には趙楽際（ちょうらくさい）氏が就任したことが明らかになっており、こちらも誤報となった。栗氏のほうは、全人代常務委員長に収まった。なお、記事は「党中枢に近い関係者が明らかにした」としているが、事実とすれば、相当にハイレベルの情報源と見られ、いかなる理由で間違った情報が伝わったのだろうか。

幸いに外れなかったのが、読売の8月24日付朝刊1面準トップの「習氏側近・王氏 名前なし 2期目指導部リスト 退任有力」で、「王岐山氏の名前が常務委員7人の最新の候補者リストに含まれていないことが、複数の関係筋の話でわかった」と、王氏の常務委からの引退説を伝え、その通りの結果となった。ただ、いささか自信がなかったとみえ、「党内では賛否両論があり、最終的な顔ぶれも含め、党大会まで駆け引きが続くとみられる」と、ちゃんと逃げを打っている。

「習思想の党規約盛り込み」では、朝日が党大会に向けた最後の中央委総会（18期7中総会）後の10月15日付朝刊1面で「習氏の名 党規約明記へ」と明確に打ったのが目立った。7中総会のコミュニケを見た「複数の党関係者」が、「コミュニケの内容は党内で了承されたことを示している」と語ったとしており、玄人受けのする記事であった。読売が「党規約盛り込み」を書いたのは、それより5日後、党大会開幕後の10月20日付朝刊だった。

## 失態を繰り返してきた人事報道

情報統制社会の中国にあっては情報を入手することがいかに難しいかがおわかりいただけるだろう。まさに日本人記者泣かせである。国家の〝最高機密〟たる指導部人事ともなればなおさらガードは堅くなり、日本の中国報道は党大会のたびに失態を繰り返してきた。

現在の共産党トップである習近平総書記が党中央委員から政治局員を飛び越え、2階級特進で指導部の政治局常務委員となったのは、2007年10月に開催された第17回党大会においてであった。この大会は、1期目を終えた胡錦濤総書記が後半の2期目に入る節目の大会であったから、政治局常務委員人事は胡氏後継を占う意味で注目された。

党大会で選出された政治局常務委員9人のうち、新任は習氏と、同じく2階級特進で遼寧省書記から昇格した現首相の李克強氏の2人だけだった。序列は習氏が6位、李氏が7位となり、残りの7人は5年後の第18回党大会で引退するため、この時点で習氏が胡氏後継に内定したのである。

ところが、事前の予想では、胡錦濤氏の後継と目された最有力候補は、胡氏と同じ共産主義青年団（共青団）出身の李克強氏のほうだった。この種の情報の取得は、香港や台湾、さらには米国に拠点を置く華人系メディアが強い。中国語の使い手がそろう日本の特派員も中国の情報源から人事情報の入手を試みているとはいえ、そこは、電話1本で微妙なやりとりができるネイティブにはかなわない。

当時、私は新聞社の東京本社国際部で海外特派員が送ってくる原稿を受けるデスクをしていたが、党大会の半年前あたりから、香港報道は胡錦濤氏の後継として李克強氏を本命視する報道で占められていた。それに引きずられる形で日本メディアも軒並み李氏に焦点を当て、習氏に注目する報道は皆無だったと記憶する。当方も現役特派員時代、香港報道で重要なニュースが流れると、その裏取りに走り、後を追う形で記事を書いたことが何度かあった。

第17回党大会当時の新聞を点検してみると、開幕まで3日と迫った2007年10月12日付の読売新聞朝刊は「中国共産党大会15日開幕／真の〈胡体制〉幕開け／腹心の李克強氏昇格へ」の見出しで、大会の前打ち記事を掲載している。この中で、李克強氏が政治局常務委員に昇格する見通しを伝え、「〝2階級特進〟人事が実現すれば、胡（錦濤）氏による事実上の後継指名に近い。李氏は、5年後の第18回党大会で誕生する胡氏後継者の最有力候補となる」と李氏本命を強く打ち出している。

開幕直前のこの時点で習氏の序列が李氏より上位になることはほぼ決まっていたと見られる。それでも「李氏が最有力」と打っていたのは、香港報道などでも序列に関する情報が出ていなかったからで、それだけ情報統制が徹底していたためだろう。

ただ、そこは香港など海外の中国語メディアはさすがというべきか、その後巻き返す。開幕日当日だったと記憶するが、序列を正確に伝え、「後継は習氏」の見方が大勢を占めていく。公式に人事が発表されたのは、党大会閉幕直後の党第17期中央委員会第1回総会（1中総会）であり、習氏の序列は9人中、6位で李氏の7位を上回り、習氏の後継が公式に固まったのである。

習近平氏はこの序列の通り、5年後の2012年11月に開催された第18回党大会で正式に胡錦濤氏の後任の共産党総書記に就任する。この時の党大会の焦点は、胡錦濤氏が総書記を習氏に譲った後も、軍の最高ポストである党中央軍事委員会主席の職にとどまるかどうかであった。

胡氏の前任の江沢民氏は、総書記を胡氏に引き渡した後も2年間は中央軍事委主席に居座り、影響力を行使した経緯がある。メディア報道では胡氏も江氏にならい、当面、軍トップのポストを手放さないだろうとの見方が支配的だった。

改めて当時の読売新聞の報道を見ると、第18回党大会の開催2日前の2012年11月6日付朝刊で「胡・軍事委主席、留任の公算／主要人事／自派で固める」として、「8日開幕する第18回中国共産党大会で党トップの総書記を退任する胡錦濤氏が、習近平指導部発足後も、軍の最高指導機関である党中央軍事委員会主席にとどまるとの観測が強まっている」と伝えていた。この段階では海外報道も含め、同様の見方が大勢を占めていたのである。

## 光った「胡錦濤完全引退」

ところが、大方の予想に反し、胡錦濤氏が党総書記と党中央軍事委員会主席の両ポストを習近平氏に譲り、完全引退することが党大会終盤に明らかになる。日本メディアでは朝日新聞が鮮やかにスクープを放った。

朝日は第18回党大会閉幕日の２０１２年11月14日付朝刊１面で「胡総書記　完全引退へ／江氏の影響力も排除／中国、院政に終止符」との見出しで、胡錦濤氏が中央軍事委員会主席も含めたすべての党の要職を習近平氏に譲ることを決めたと報じた。そして、党大会閉幕後の15日に開かれた18期中央委員会第１回総会（１中総会）において、習近平氏が党総書記、党中央軍事委員会主席に就き、胡錦濤氏は完全引退することが決まった。朝日の報道は見事に的中したのである。胡錦濤氏が潔く完全引退することで、引退後も影響力を行使しようとする江沢民氏へのけん制となることが期待できた。

この時の朝日報道は、胡錦濤氏の完全引退をめぐって、党大会閉幕３日前の「11日（２０１２年11月11日）の内部高官会議」で決まったと記述が具体的であり、情報源については「複数の党関係者が明らかにした」としていた。事実とすれば、胡氏の完全引退は党大会が閉幕するギリギリまで決まらなかったことになり、他の報道機関が情報をつかめなかったのもやむを得ないことであったといえようか。

それにしても、翌日に明らかになることがらを新聞の1面に大きく掲載するというのは、外れれば読者の信頼を失いかねないだけに、情報の確度に相当な自信がなければできないことであって、情報統制が厳しい中国のトップ人事をめぐる報道であるだけに光彩を放った。

朝日が情報源とした「複数の党関係者」がどのレベルなのか興味深いところだが、私見では、一般的には、閣僚を務める党中央委員クラスの高官がそう簡単に日本の報道関係者に情報を漏らす可能性は考えにくい。ただ、それほど高位ではなくとも情報をつかめる立場にある人間はいるもので、そうした情報源といかにつながりをもつかが中国特派員としての腕の見せどころであろう。

## 〝偏向〟報道

すでに見たように、日本の中国報道は、とりわけ人事報道において誤報がつきものだが、間違っても「訂正」が掲載されることは滅多にない。もっとも、書いたときは確かにそういう情報が有力だったが、その後、状況が変わったと言い逃れできそうな断定を避けた書き方をしているケースがほとんどである。中国側も日頃から情報を統制しているためか、いちいちクレームをつけないから、報道する側は書き得といったおもむきさえある。しかし、そうしたことを繰り返していると、報道に対する真摯な感覚が麻痺し、ひどい場合は事実に基づかない偏向報道につながりかねないのではないかと危惧する。

実際、私が中国から国外退去処分を受けた後、日本国内では全く根拠のない情報が流れた。こちらには何の取材もせず、想像をたくましくして書いた虚報とでも呼ぶべき内容であり、なぜこのような話が出てくるのか理解に苦しんだものだ。

例えば、休刊した文芸春秋の月刊誌「諸君！」１９９８年12月号のコラムは、私の退去処分に触れてこう書いた。

日本の新聞は「知る権利」のために闘うガッツないの？「読売」の北京特派員中津幸久記者（39歳）が国外追放になり、支局や自宅が捜索されチベットで取材したデータを持っていかれたのに、怒るどころか小さめの「客観報道」。そんなザマで帝国陸軍の言いなりを書いた先輩を、よくまあ批判するよ。

私の国外退去処分に関する日本各紙の報道は控えめで抑制されていた。そのことに対し、右のコラムは、まず、知る権利や報道の自由を堅持する立場から不満を述べていた。

続けて、「いまごろラサでは、中津記者の取材ノートにより反体制活動家が次々に検挙されているることだろう。獄中の彼らは日本の新聞社が少しも自由のために闘ってくれないのを、どんなに落胆することか」と書いていた。推測を交えているとはいえ、まったく根も葉もない作り話である。

本書でも触れたように、本件はチベット取材とは一切関係がない。取り調べの際、チベットで入手したダライ・ラマの写真が没収されなかったことでもわかる。私がラサで反体制活動家と接触した事実もなかった。

一方、袁翔鳴『蠢く!中国「対日特務工作」㊙ファイル』（小学館）という本は、「中国当局と日本の報道機関の闇取引」との小見出しを立てた文章の中で、私の事案について触れている。

そこには、事案の発生後に私の所属会社の最高幹部が訪中し、中国側と協議した結果、「（私が中国）国内で〈罪〉を償うことはせずに、日本に〈国外退去〉させられている」と書かれている。

さらに、「協議の内容が不透明であること自体が、〈中国側に弱みを握られて、報道の内容も中国当局の意のままにされているのではないか〉との疑念を呼んでおり…」と続く。

しかし、私の事案に関する限り、社の〝最高幹部〟どころか、会社関係者が訪中して中国側と協議した事実はない。完全なでっち上げといわざるを得ない。

## 日中記者交換

日本の報道機関が記者を中国に駐在させる場合、特別な枠組みが存在する。日中両国政府間で取り決められた、いわゆる日中記者交換制度である。中国に駐在する日本人記者、日本に駐在する中国人記者は、この枠組みに基づき相互に交換する形で派遣されている。駐在できる記者の人数、事務所を開設できる都市も決められていた。

この日中記者交換をめぐり、ネット上では「日本のマスコミは日中記者交換協定のために中国に不利な報道をしない」「協定のために中国に対する正しい報道がなされない」といった厳しい意見が見られる。

日中国交正常化以前に始まった記者交換制度は、時に政治の波に翻弄されながら、紆余曲折をたどった。かつての協定には「中国を敵視しない」といった文言が盛り込まれ、文化大革命期には北京に駐在していた日本人特派員が相次ぎ追放されている。

だが、国交正常化後、それまでの協定は廃止され、新たに政治色を排除した実務的な内容の政府間協定が結ばれた。日本の新聞やテレビは、中国当局による民主活動家の拘束、言論統制、南シナ海への強引な進出など、事実は事実として伝えており、「中国に不利な報道をしない」といった見方は当たらない。

にもかかわらず、日本のマスコミの中国報道に対し、偏見ともいえる声が消えないのは、旧協定がなお有効であると取り違えている単純な誤解に加え、記者交換をめぐる協議の不透明さ、協定の存在自体に対する不信感、中国側の報道統制など、もろもろの要因が影響しているかと思われる。また、政治色が濃厚だった過去の経緯から、協定の存在が時に記者の心理的な圧力として作用している可能性も排除できない。

ここで、記者交換の経緯を振り返ってみたい。記者交換の歴史は国交がなかった1960年代にさかのぼる。両国間では新中国建国後から民間貿易が行われてきたが、より総合的、長期的な貿易を目指し62年11月、準政府間協定「日中総合貿易に関する覚書」が締結された。双方の署名者である廖承志（りょうしょうし）（中日友好協会会長）、高碕達之助（経済企画庁長官など歴任）の頭文字をとり、「LT貿易」と呼ばれる。

64年4月、交渉を主導した衆議院議員の松村謙三が訪中し、廖承志との協議で、高碕、廖両事務所を連絡事務所として相互設置することが決まった。

この協議の中で、日中の記者交換についても合意し、「日中双方の新聞記者交換に関するメモ」が交わされた。これが、日中記者交換の始まりとなる。両国政府の意向を受けた貿易交渉に付随して、記者交換が決まったのである。

「記者交換に関するメモ」には、具体的事務は、高碕、廖事務所を窓口として処理すること、交換する記者の人数は双方８人以内とすること、１回目の記者派遣は64年６月末をめどとすること、記者の相手国における滞在期間は１年以内とすること――などが盛り込まれた。

その後の調整を経て、64年９月、日本側は合意した人数より１人多い９人、中国側は１人少ない７人の記者を相手国に派遣した。

２００４年は記者交換から40年の節目の年だった。記念の催しが東京と北京で開かれた。翌年、その模様と日中双方の特派員経験者41人の回想を収めた「春華秋實――日中記者交換40周年の回想」が出版されている。寄稿者の最も若い世代は、私の数年先輩にあたる。

## 「政治面における一大事件」

04年９月６日に北京で開かれた国務院新聞弁公室主催の記者交換40年記念集会で当時の趙啓正(ちょうけいせい)主任が行った講演の内容が同書に収められている。

一九六四年四月十九日、両国民間の貿易往来を促進する団体である廖承志弁事処（事務所）・高碕達之助事務所が友好的な協議の末、代表の相互派遣と連絡事務所の相互設置に関する会談メモと、そして「中日双方の新聞記者交換に関するメモ」を交わしました。廖承志弁事処駐東京聯絡処の代表が、八月三十日、日本に赴任し、その後九名の日本人記者と七名の中国人記者が、九月二十七日、それぞれ双方の国の首都に赴いたのです。これは両国および両国の人々の政治面における一大事件であり、まして両国が国交を回復していなかった状況下では、一層重要な出来事でした。

日中の記者交換は「政治面における一大事件」と位置づけられて始まったのである。日中両国に国交がない中で、自国の記者が相手国の状況を直接取材し報道することの重要性が認識されていたといえるだろう。

なお、初代特派員たちの現地入りは、今のように両国を結ぶ航空機の直行便がない時代にあって、ひと苦労だったようだ。最初の日本人特派員9人のうちの1人で、TBS初代北京特派員だった大越幸夫氏が同書に回想を寄せている。

1964年9月27日午後2時、羽田空港を飛び立った一行9人は香港で一泊した後、翌日、香港から広東省深圳に行き入国審査を受け、列車で広州に向かう。税関での検査は1時間以上かかったという。広州に一泊し、翌早朝、定員20人ほどの小さな飛行機で北京を目指すが、途中、給油のため、長沙（湖南省）、武漢（湖北省）、鄭州（河南省）の３か所に降り立ち、北京空港に到着したのは、３日目の夕刻だった。

大越氏は「東京を発ってから五十数時間余、正に『近くて遠い国』でありました」と記している。また、荷物を送るサービスもなく、すべての荷物を自分で持ち込まねばならなかった。特に、テレビの記者は機材が多い分、荷物がかさばり、十数個分にもなったという。飛行機や列車の乗り降り、ホテルの出入りの際に、その都度、荷物の数を確認しなければならなかった。

## 政治三原則

「政治面における一大事件」としてスタートした日中記者交換は、１９６６年に始まった中国の文化大革命期、政治に飲み込まれていく。

文革時代の中国では対外関係も批判の対象となり、対日折衝に当たっていた廖承志、孫平化（そんへいか）（後の中日友好協会会長）ら知日派は軒並み批判され、学習や労働にあけくれていたという。(1)

佐藤栄作政権の親米、親台湾政策などもあって日中関係は悪化し、62年11月に締結された準政府間協定「日中総合貿易に関する覚書」は5年間の期限切れを迎えた67年末までに延長交渉ができずに年を越す。協定に付随する「日中双方の新聞記者交換に関するメモ」に基づく記者交換も存続の危機に直面した。

協定延長をめざし、古井喜実、岡崎嘉平太、田川誠一の3人が日本側代表として68年2月1日から3月9日まで訪中し、中国側と交渉に当たった。

結論を先に言えば、3月6日、「日中覚書貿易会談コミュニケ」が発表され、日中間の貿易をLT貿易から覚書貿易へと制度化することで合意した。

同時に、記者交換メモに関しても「修正取り決め」が交わされ、「日中覚書貿易会談コミュニケ」に示された「原則を遵守」することが盛り込まれ、双方の記者枠が8人から5人に縮小された。ただ、この「修正取り決め」に関しては、後に述べるように、公表されず、微妙な取り扱いとなった。

ここでいう「原則」とは、中国側が主張する①中国政府を敵視しない②「二つの中国」をつくる陰謀に加わらない③日中関係正常化への発展を妨げない――の「政治三原則」と、政治と経済を切り離さない「政経不可分の原則」を指す。

日中の記者交換は、中国の「政治三原則」に縛られる方向に修正されたのである。何が「中国政府を敵視する」ことになるのかはあいまいで、中国側の意に沿わない報道がやり玉に挙げられることになる。

このときの交渉は、日本側代表の一人、田川誠一の『日中交渉秘録』によれば、訪中団の滞在が１か月を超えたことからも察せられるように難航を極め、一時は決裂寸前に追い込まれたという。同書は、中国側が、当時の佐藤政権の「反中国政策」を厳しく批判し、交渉の基礎として「政治三原則」と「政経不可分」に強くこだわったのに対し、日本側は「われわれは中国側の主張する表現をそのまま使えない」などと激しく抵抗したことを強調している。

しかし、調印された「日中覚書貿易会談コミュニケ」は、「政治三原則」と「政経不可分の原則」について、「中国側は、中日関係における政治三原則と政治経済不可分の原則を堅持することを重ねて強調した。日本側はこれに同意した」となっており、日本側は中国側の主張を受け入れたのである。そして、この原則が記者交換にも適用されることになる。

## 相次いだ文革中の記者追放

文化大革命が２年目に入った１９６７年、「中日友好を破壊した」などとして、毎日新聞、産経新聞、東京新聞の各記者に北京からの退去命令が出た。読売新聞は社の主催でダライ・ラマを日本に招いたことが「反中国行動」とされ、記者の北京駐在が取り消された。

もともと記者交換が貿易交渉の場で決まったことから、貿易協定延長をめぐる68年2〜3月の交渉では記者交換問題も重要課題であった。そんな中で、政治三原則の適用、記者枠の縮小という形で記者交換が後退するのは、文革という異常事態に陥っていた中国側が強硬姿勢を示したことによる。

前掲の『日中交渉秘録』によれば、交渉の過程で日本側は駐在を取り消された社の復活を求めたが、中国側は「佐藤政府の反中国政策をみると、両国が新聞記者を交換できる状態にはない。いまの状態で記者交換していることに、中国国民は強い怒りを抱いている」と日中関係に絡めてにべもなかったという。記者枠について、中国側は当初、3人に削減することを提案していた。

当時の日中関係が置かれた状況を思えば、中国内で日中の記者交換を非難する声が強かったことは容易に想像できる。日本側は交渉の余地なしとみて、記者枠にこだわり、6人確保を主張した。この点は中国側も歩み寄り、結局、5人で落ち着いた。

それにしても、日本側はなぜ、中国の「政治三原則」を受け入れ、記者交換メモの修正取り決めに合意したのだろう。政治が絡んだ貿易交渉と並行して記者交換が決められたことに問題があったとする見方がある。後には、修正取り決めの結果として「中国報道の偏向」を招いたといった批判も出た。

そもそもLT貿易には、日中間に国交がない中で何とか双方のパイプ役となり、交流を進展させたいとの思いが込められていた。その延長として記者交換が実現したのは、ともすれば不確かな情報に基づく報道が両国の溝を広げていたことから、記者が相互に相手国に入り、事実に基づく報道をすることの重要性を認め合ったからである。

交渉担当者たちは、将来の国交回復につなげたいとの思いが強かっただけに、日本人記者が北京から相次いで追放される中で、交換枠が削減されようとも何とか記者交換をつなぎ止めることにこだわったのだと思われる。

ただ、自由な報道が身上の日本メディアが政治に縛られることになれば、反発が出ることが予想される。交渉担当者たちは、そのことを意識していたのだろう。この時の「記者交換メモ修正取り決め」は公表されず、会談後こっそり交換されたという。

この影響はほどなく現れる。その時、北京に残っていた日本の報道機関は、朝日新聞、共同通信、日本経済新聞、ＮＨＫの４社だったが、記者交換メモ修正から３か月後の１９６８年６月に日経の鮫島敬治記者がスパイ容疑で逮捕され、69年12月に釈放され帰国するまで１年半拘束された。69年11月には一時帰国していたＮＨＫ記者の再入国が拒否され、一度認められた後、翌70年９月に再度拒否された。同月、共同通信が主催した東京でのアジア通信社同盟会議に台湾の中央通信社が参加したことから、共同記者が北京から退去となった。

その結果、１９７０年９月から71年１月までの４か月間、中国駐在を認められた日本の記者は朝

日新聞の秋岡家栄（いえしげ）1人となり、北京で「一人ぼっちの日本人記者」という異常事態となったのである。(2)

## 朝日新聞の親中報道と林彪事件

北京駐在の日本人記者が朝日新聞の秋岡家栄だけとなった時期、朝日の中国報道は親中姿勢を強めていく。大きな要因は、１９６７年7月、社長に広岡知男が就任したことだったとされる。広岡は77年12月まで10年間社長を務め、その後80年3月まで会長にとどまり14年間にわたって朝日に君臨した。

秋岡の北京赴任は67年11月で、広岡の社長就任と軌を一にしていた。赴任にあたって秋岡は、広岡から次のような指示を受けていたという。「ウソは絶対に書くな。迎合の記事は書くな。追放されるような記事はあえて書く必要はない。極端な場合は何も書かなくてよい。その場合は自分の目でよく中国の動きを見て帰ってくる」。ウソ、迎合する記事を書かないのは当然として、「追放されるような記事」を書かないとなると、当局の顔色をうかがい、都合の悪い記事は書かないでよいという意味にも受け取れる。広岡の指示の背景には、その後の言動をみると、中国当局の意向を踏まえた報道を行うことで、何らかの目的を達成しようする思惑があったように思われる。そうした報道姿勢は新聞の中立性の放棄であり、客観報道からほど遠い、一種の偏向報道であろう。広岡のこの指示は朝日社内では「歴史の目撃者論」として知られていたという。(3)

それにしても、一記者の海外赴任に際し、社長が直々に指示を出すというのは今では考えにくい。広岡は「早期の日中復交」が持論で、１９７０年3月、訪中する。日中覚書貿易交渉を担当した衆院議員松村謙三の「友人」の資格で訪中団に加わったのだ。首相・周恩来との会見を目指し、１か月にわたるマラソン交渉の期間中、中国に滞在した。現職の社長が株主総会も欠席して長期間会社を留守にし、「社員からも、世間からも責められた」と後に振り返っている。

周恩来と訪中団一行の会見は4月19日に実現し、広岡は4月22日付朝刊１面に「中国訪問を終えて」と題する署名記事を書いた。この中で、「日本人が平和と非武装の理想に徹し、再び戦争に巻き込まれまいと考えるならば、中国の人びとの持っている警戒心をすみやかに解く必要があり、そのためには、どうしたらよいかという点について、徹底的な国民的論議が行われなければならない」として、改めて日中国交回復を早期に実現させる必要を説いたのである。

この訪中の狙いについて、元朝日新聞記者の佐々克明は、朝日新聞北京特派員の追放阻止と中国報道の独占にあったとして、「広岡訪中の効果はてきめんであった。朝日新聞は、独占権と『人質』の安全保障とひきかえに、中国のプロパガンダの〝エージェンシー〟たることを請負う羽目に陥ったのである」と書いている[4]。

秋岡が日本の特派員で唯一、北京からの追放を免れたことは、社内でも広岡の訪中の効果と受け止められていたようだ。

佐々によると、当時の朝日社内では「外報部には部長が二人いる」といわれていたという。本来の部長と秋岡北京特派員のことで、外報部のデスクは秋岡電が送られてくると、手を入れないで出稿してしまう。秋岡特派員は〝社長直属〟として、特別視されていたようだ。

広岡の社長就任後、朝日の社説は文化大革命を評価する論調へと変わっていく。文革初期には「中国共産党は〝おとな〟であるともいわれた。そうであるのに、いま、突然、このような、急進的な行動様式をとり出したのは、中国革命の変質を示すものではないか」（1966年8月31日付）と文革そのものに疑問を投げかけていた。それがほぼ1年後は「中国がいま進めている文化大革命は、近代化をより進めるための模索ともいえよう。いまだに近代化への道を捜しあぐねている国々に、一つの近代化方式を提起し挑んでいるともいえる」（67年8月11日付）と、近代化の一モデルになるといわんばかりに持ち上げるまでに変質したのである。

広岡の指示が影響したのか、1971年9月に起きた林彪（りんぴょう）事件をめぐり、秋岡は政変を否定する記事を北京から送り続けた。事件は、毛沢東の「親密な戦友で後継者」とされた林彪党副主席兼国防相が、毛沢東暗殺とクーデターを計画したが失敗し、軍用機でソ連に逃亡中の同年9月13日、モンゴル領内で墜落死したとされるものである。
当局の情報封鎖の中でも、異変を憶測させる情報が漏れてくる。事件発生の2週間後には、10月1日の国慶節に行われる予定だったパレードが突然中止されることがわかった。党機関紙「人民日報」に林彪の名前が現れなくなり、林彪と一緒に写った毛沢東の写真が回収されるなどした。10月1日にはモンゴル国営通信社がモンゴル領内での国籍不明機の墜落を報じ、林彪失脚説が拡散していく。

こうした中で、秋岡は「北京のようすはまったく平静」「何か異常事態が進んでいるのではないかと解釈するのは間違い」などと事件を否定する記事を書き続けた。

共産党理論誌「紅旗」71年12月号が党内セクト主義を批判する論文を掲載し、林彪批判を暗示するにおよんで、外国通信社電は林彪失脚・死亡説が優勢となっていくが、朝日はなおも「健在説」を唱える。

朝日新聞は「そうした外電を小さく掲載したり、東京本社で書く解説記事で政変をにおわせたりはした。だが一方で、不確かな『林彪健在説』を報じた外電を1面トップ（72年2月10日付）にするなど報道がぶれ、大きく出遅れた」（2010年2月4日付夕刊「検証昭和報道　文革と日中復交林彪事件」）と当時の対応を自己批判している。朝日が林彪の死亡・失脚を最終的に確認したのは、事件から10か月後の72年7月28日、新華社が概要を伝えたことを受けてだった。

報道においては、事実の確認は慎重であらねばならないが、こうなると事実を確認しようとするジャーナリズム精神の放棄であろう。

## 本多勝一「中国の旅」

秋岡家栄が林彪事件を否定する記事を書き続けていた頃、同じ朝日新聞紙上では連載「中国の旅」が佳境を迎えていた。筆者は本多勝一記者である。戦時中、日本軍が中国で行ったとされる残虐行為について、現地を訪れ被害者の中国人にその当時の模様を聞くという手法のルポルタージュで、1971年8月から12月まで4か月にわたり、平頂山（へいちょうざん）事件(5)、万人坑（まんにんこう）(6)、三光（さんこう）政策(7)、南京事件(8)の4部に分けて各部10回程度、計約40回掲載された。目を背けたくなるような日本軍による残忍な行為が繰り返し描かれ、大きな反響を巻き起こす。

本多氏の中国現地取材は71年6月中旬から2か月におよんだ。広岡知男社長の訪中から1年余り後のことである。連載の始めに、香港から広州、長沙経由で北京入りした日、北京空港に出迎えた北京特派員の秋岡と宿舎の新僑飯店に入り、「まず中国のマオタイ酒で乾杯した」とある。記者追放が相次いだ文化大革命中にもかかわらず中国当局が日本からの取材を受け入れたのは極めて異例である。連載企画が実現したのは、中国からの記者追放を免れた朝日新聞と中国との良好な関係があったからであろう。

「中国の旅」が描く日本軍の〝残虐〟ぶりはすさまじい。南京事件の項では、「（日本軍の南京入城３日目の１９３７年）12月14日になると、日本軍は長江に近い二つの門も突破して、南京城外へくりだした。長江ぞいに下流（北東）へ下関、煤炭港、宝塔橋、草鞋峡と虐殺をすすめ、さらに南京城北７キロの燕子磯では10万人に及ぶ住民を川辺の砂浜に追出しておいて、機関銃で皆殺しにした。このため川岸は水面が死体でおおわれ、長江の巨大な濁流さえも血で赤く染まった」といった具合だ。連載は翌72年３月に単行本として発行されるが、わずか２か月で７刷を重ね、学校の副読本として教育現場でも使われた。

一方で、中国側の言い分に対し裏付けをとることなくそのまま書いたとする批判も根強い。戦時中現地にいた元軍人や企業関係者から「事実と異なる」などと疑問の声も上がった。本多氏は連載執筆の動機について、日中復交を前に、日本軍の侵略行為を「中国側の視点」で明らかにすることが必要だと述べている。当時、中国当局は佐藤政権の親米、親台湾政策などから「日本の軍国主義復活」に警戒心を示していたが、本多氏は、侵略の歴史を知れば、中国側がなぜ日本の軍国主義復活を警戒するのかが理解できるとも書いている。

「中国の旅」の内容をめぐり、事実との食い違いを指摘してきた一人に田辺敏雄氏がいる。

1980年代から旧日本軍の残虐行為報道に疑問をもち、検証作業に当たっている。このうち、万人坑について、田辺氏は著書で「中国の作り話である」として、批判を展開している。[9]「中国の旅」では、日本経営の炭鉱で中国人労働者に苛酷な労働を強要し、病気や栄養失調、けが、過労などで使いものにならなくなると生きたまま捨てる「ヒト捨て場」が存在し、遺体が1万体にも上ることから「万人坑」と呼ばれたとして、被害者の証言が描かれる。万人坑と被害者の数は遼寧省の撫順炭鉱で30か所、30万人、省内の大石橋（だいせききょう）にあった南満鉱業で3か所、1万7000人と紹介されている。

田辺氏は80年年代に両炭鉱の関係者にアンケート調査を実施したところ、万人坑を「見たことがある」「聞いたことがある」との回答が皆無だったこと、終戦直後、旧満州に進駐した国府軍による逮捕者のなかに万人坑に関連した容疑者がいなかったこと、東京裁判で平頂山事件への言及はあるが万人坑には一切触れられていないことから、「万人坑がウソだとは、当初、私も思わなかった。しかし、今はあれらは中国のでっちあげ、と断定することに一点の疑いもない」と自信を示す。

両炭鉱関係者は、朝日新聞に抗議し、記事の取り消し、本の回収などを要求したものの、朝日側は「中国側被害者の証言をくつがえせるだけの確固たる証言などが得られていない」などとして応じていないという。

田辺氏の著書を読む限り、中国側の「でっちあげ説」の印象は強まるばかりだが、侵略の歴史をめぐるこの種の議論は堂々巡りに陥るのが常であり、いまだ決着はついていない。

ただし、「中国の旅」は日本の代表的な新聞社によるルポとしては、その報道姿勢ははなはだ疑問であると言わざるを得ない。

ルポでは、行く先々で現地の共産党委員会（当時は文革中のため、革命委員会と改称していた）の広報責任者が実名で出てくる。そして、彼らが手配した中国人被害者から中国人通訳を介して取材を重ねていく様子が描写される。被害者たちは最後に毛沢東を礼賛する言葉も忘れない。かつて日本が経営した撫順炭鉱で苛酷な労働に従事したという「被害者」はこう言うのである。「人民解放軍によって炭鉱は人民のもとに戻ったわけです。それからは毛沢東主席の指導と各革命勢力の支持のもとに撫順の鉱工業も大きな発展をとげてきましたが、とくにプロレタリア文化大革命以後は発展の速度が早まりました」

言論統制がとりわけ厳しかった文革中に、当局が選んだ取材対象から当局者の同行のもとで話を聞けば、当局にとって都合のいい内容になるのは当然であろう。本多氏が執筆の動機として述べていることと合わせ、「中国の旅」は、日中復交を見据え、中国側の主張を意図的に載せることを目的に書かれたといえよう。日中国交正常化がなるのはこの翌年のことである。

## 国交正常化と中台関係

文革中、日本人記者の中国からの退去処分が相次いだ際、日本側では中国からの記者引き上げを主張する強硬論も出た。朝日が「歴史の目撃者」論を掲げて北京にとどまることを主張するなど、報道各社の足並みが乱れて〝記者交換冬の時代〟を迎えたが、１９７２年9月の日中国交正常化を経て、「政治三原則」を盛り込んだ記者交換メモの修正取り決めは廃止された。

代わって、74年1月、実務的な政府間協定として「日中常駐記者交換に関する覚書」が調印された。現在の日中記者交換の枠組みとなるものである。だが、政治色が完全に払拭されたわけではなかった。

「日中常駐記者交換に関する覚書」は、「（国交正常化時の）日中共同声明の精神に基づいて」記者交換を行うとした。中国に駐在する日本の報道機関の活動は、日中友好や、台湾を中国の一部とする中国の主張を日本側が理解し尊重するとした日中共同声明の精神に基づくとの縛りをかけられた形となり、中国側が記者活動を共同声明の精神にもとづいていないと判断した場合、何らかの圧力をかけられる余地を残していた。

このため、日本の中国報道は、日中国交正常化後も中台対立の影響を受けてきた。文化大革命中に北京から特派員を追放された新聞各社は、日中関係改善とともに北京支局を再開させるが、産経新聞だけが北京にもどらず、新聞社の中で唯一、台湾の台北に支局を置いてきた。

こうして、中国報道をめぐり、産経は台北を拠点とし、他社は北京を拠点とする、中国と台湾の対立を反映した構図が持ち込まれたのである。

産経以外の新聞社は、長らく、英国植民地下の香港に駐在する記者が台湾をカバーする体制をとり、逆に産経は台北のほか、香港に特派員を置いて中国大陸をウオッチしてきた。私は１９９２年9月から2年余り香港に駐在したが、仕事の半分は台湾への出張取材だった。

北京に支局がある新聞社が台北に支局を設けようとすれば、日中記者交換覚書に抵触するとして中国政府が異議を唱えることが予想されたし、北京支局の存続が危うくなる可能性もあった。

こうした異常状態が解消したのは、奇しくも筆者が中国を退去した１９９８年のことだった。この年、産経新聞が文化大革命時代以来31年ぶりに特派員の北京常駐を復活させ、そのほかの新聞社が台北に支局を開設して、相互乗り入れが実現した。

読売新聞の台北支局開設は、当方の中国退去から1か月も経たない11月1日付である。開設記念のレセプションが12月に台北市内のホテルで開かれ、当時の許水徳（きょすいとく）・考試院長（元駐日代表）ら台湾各界代表や、日本の対台湾窓口である交流協会（現・日本台湾交流協会）の山下新太郎・台北事務所長をはじめ、台湾在住の日本人関係者ら約２５０人が出席したと、記事に出ている。

中国と台湾の双方に事務所を開設する日本の報道機関は、産経も含めて北京支局の名称を「中国総局」に〝格上げ〟し、その下に台北支局を管轄する形をとった。「台湾は中国の一部」と主張する中国側の意向に合わせ〝一国二制度〟方式に倣ったようなものだった。組織上は中国総局の下に北京支局や台北支局が所属する格好となったが、中国総局の実態は北京支局と同じという奇妙な状態になった。

この点は、北京支局と台北支局を同等に位置づけている欧米メディアとは異なる。日本の中国報道体制は依然として日中記者交換制度の影響を受けているのである。

そもそも日中記者交換協定においては、日本側の報道姿勢のみが問題視され、中国側の報道機関の在り方が問題となったことはないとの批判もある。さらに、報道内容が「友好的」であるか否かを問題視するのは、ほとんどの場合、中国側であることも、こうした批判を後押ししているように思われる。

例えば、日本の報道機関が台湾について、記事で「国」と書いたり、「中華民国」と表現したりすれば、中国側からクレームがつく。記事につけた小さな地図をめぐり、地図上の台湾の色が中国大陸の色と違っていると、文句が来るといった具合で、外交関係において中国側からしばしば「歴史問題」を提起されるのと似たようなところがある。

ただし、東京に駐在した中国人記者にもそれなりの苦労があった。特に、初期の中国の特派員たちに対する日本側の監視は厳しかったようだ。新華社通信の特派員として１９６４年から15年間にわたり日本に駐在した劉徳有（りゅうとくゆう）氏は「不愉快なこともあった」と振り返っている[10]。

それによると、東京での取材のときも、地方へ行くときも私服警察官の尾行がついた。１９６６年６月、中国の同僚記者たちと横須賀に入港した米国の潜水艦を取材した際のこととして、「日本当局は劉徳有らが日本のデモ参加者と一緒にこぶしを上げてスローガンを叫んだと噂を立てた」と書いている。

この問題では、国家公安委員長が「取材を超えた政治行動」と問題視し、当時の佐藤首相が調査を指示した。調査の結果、当日の雨天の中で、中国人記者の傘が少し動いたのを、私服警察官がスローガンを唱えたととらえて報告したことが発端となって騒ぎが広まったことが判明した。中国特派員たちは記者会見を開いて抗議し、日本の外務省と法務省が根拠のないことを認めた――と記している。

特派員に対する監視や尾行は、中国側だけの専売特許ではなかったことにも留意しておく必要があるだろう。

## 「言論の自由」盾に抗議した新聞協会

日中記者交換のもとで、双方の報道機関が、相手国側に常駐させることができる記者の人数、常駐できる都市が決められていたが、記者枠は順次拡大され、日本新聞協会は２００２年12月、当時75人だった記者枠を１００人程度へ拡大すること、さらには枠そのものを撤廃することを求めて日本外務省に中国側と交渉を行うよう要望した。

これを受け、記者枠が１２０人まで拡大された後、中国側は２００５年7月、枠の撤廃に応じることに合意し、２００６年に正式に記者枠が撤廃された。

中国側が認めた常駐都市は当初は北京だけだったが、１９８０年代に上海、その後、広州が加わり、重慶、瀋陽へと拡大された。

このように日中記者交換は時代とともに修正されてきた。とはいえ、日中双方のメディアは本来、何ら制約を受けずに中国報道、日本報道を行うことが望ましい。そのために、協定そのものの存在の是非も含めて議論を深める必要があるだろう。

私が北京に駐在して間もなく、日中記者交換をめぐる注目すべき動きがあった。１９９６年10月、日本新聞協会と中華全国新聞工作者協会が訪問団を派遣し合う記者交流について、日本新聞協会がこの年の日本人記者訪中団の派遣を中止したのである。

日中記者交流は１９８２年いらい毎年行われ、96年も日本側記者団は10社の10人が10月20日から２週間の予定で訪中することになっていた。

ところが、受け入れ側の中華全国新聞工作者協会が、産経新聞の尖閣諸島や靖国神社をめぐる報道を「友好を損なう言論」などとして、産経記者を招請しないと通知してきた。日本側が訪中団の派遣を中止したのは、これに対する抗議だった。

日本新聞協会の訪中団派遣中止は初めてのことで、協会側は編集委員会での協議の結果、言論・報道の自由の観点から、また、交流計画の相互主義、互恵主義の原則に反するとの理由から、中国側の要求を受け入れないことに決めた。

日本新聞協会が中国に対し、「言論の自由」を掲げて、注文をつけたのは異例のことで、日中間で政治に左右されない報道本来の在り方に基づく関係を提起した意義は大きかった。

言論の問題をめぐり、日本と中国の間で自由な議論が深まることを望みたいが、その後、中国側が日本側の抗議を真摯に受け止めたことをうかがわせる動きが出ていないのは残念である。

それどころか、２０１８年にも同様の事案が起きた。6月に日本記者クラブが計画した中国チベット自治区への取材団派遣（11社で編成）をめぐり、中国政府がまたしても産経新聞記者へのビザ発給を拒み、取材団派遣が中止される事態となった。日本記者クラブは「特定のメディア排除を求める中国政府の決定は、民主主義の基本である『言論・表現の自由』の観点から承認できない」との理事長名のコメントを発表した。両国間で言論の自由をめぐる立場の違いが改めて鮮明となったのである。

## 日中両外務省への通報

さて、諜報機関の北京市国家安全局が北京に駐在する日本人記者を取り調べるという筆者に関する事案は、こうした日中記者交換という微妙な枠組みが存在する中で起きた。取り調べは2日目も平行線をたどって終わり、北京からの移動禁止措置は継続された。

この段階で、問題解決のめどがたたなくなったと判断され、事案は、邦人保護の観点から、日本外務省に通報されることになる。同時に、中国外務省へも通報された。

中国国家安全部の管轄下にある北京市国家安全局が担当する案件を、同じ中国政府の一部門である中国外務省に「通報」するというのも奇妙に聞こえるかも知れないが、中国政府内の力関係からいえばはるかに大きな権力を握っている国家安全部は単独で動き、外国報道機関の窓口となっている中国外務省は蚊帳の外に置かれていたからである。

国家安全部側は当初、内々に処理しようとしていたふしがあった。支局の家宅捜索に入った際、「問題を複雑化したり、公開したりしないように」とクギを刺した。２日目の取り調べの冒頭では、「（在北京）日本大使館に連絡したか」と聞き、「していない」と答えると、その理由を知りたがった。

事が公になった場合の国際的な反応が中国政府に与えるダメージを憂慮し、表沙汰にせずに目的を達成するほうが得策であると考えていたのかもしれない。

彼らの目的は、国家機密をめぐる違法性を問うことよりも、私から記事の情報源を引き出すことにあったと思われた。「われわれに協力してくれれば穏便に済ませられる」といい、自宅の家宅捜索に着手する際には、「おまえの態度が悪いから次の行動に移る」と公言していたことからもその狙いがうかがえた。

容疑のあるなしにかかわらず、「寛大な処分」をちらつかせ、自白を迫るのは中国社会の伝統的手口であるらしい。

ノーベル文学賞を受賞した中国人作家莫言（ばくげん）の小説『蛙鳴（あめい）』に次のような場面がでてくる。文化大革命中、無実の罪を着せられ、批判大会でつるし上げを食う登場人物に紅衛兵が言う。

「白状せい。白状すれば処分は寛大、抵抗すれば厳罰じゃ！」

こうなると、法律も何もあったものではないが、国家安全部のもくろみは、初期の段階で、私の口から「情報源」を聞き出し、「寛大な処分」をくだすことだったのだろう。国家機密はそのために圧力をかける隠れ蓑であり、真の狙いではないと思われた。

読売新聞から日本外務省への通報は、取り調べから3日目の9月29日、北京の日本大使館と東京の外務省本省に対してほぼ同時に行われた。また、翌30日には、やはりほぼ同時刻に中国外務省と東京の中国大使館に申し入れがされた。

日本側の外務省・北京大使館の見立ては、国家安全部が、私の情報源に対して強い関心をもっており、その証拠を固めるために私が捜査対象となったというものだった。中国側は早期に収拾したいのではないかとの見方も出されていた。事実上の出国禁止措置がとられたものの、パスポート（旅券）は没収されていなかった。国家安全部としては比較的軽いランクの措置だというのが根拠の一つだった。

一方の中国外務省は、国家安全部がどう処理するかは、読売側の態度にかかっており、「協力すればいい結果になる」が、そうでなければ外務省としても対処が難しくなるとして、国家安全部に協力するよう求めた。安全部側の当初の言い分と同じであり、双方がすり合わせをし、この時点でも、情報源に関する言質をとり、幕引きを図ろうとしていたように思われる。

## 「国家安全部にパイプがない」

いささか驚いたのは、この問題をめぐる日本外務省と読売との接触の中で、外務省側から「北京の日本大使館は国家安全部とのパイプがない」とのコメントが出たと聞いたことだった。日本大使館は、直接のカウンターパートである中国外務省のほか、中国政府の主要機関とも情報交換のルートを築いているものと思っていた。

諜報機関という特殊な存在となれば、とりわけ、一党独裁国家における諜報機関であればなおのこと、公式のパイプを築くのはそうたやすいことではないのかもしれない。

その辺の事情について、他国の状況は承知していないが、北京の日本大使館に関しては、ちょうどその頃、情報収集力が話題になっていた。

私の赴任前年まで2年間、在北京日本大使館で専門調査員を務めた北朝鮮専門家の鐸木(すずき)昌之氏が、月刊誌「諸君！」１９９７年1月号に掲載された田久保忠衛・杏林大教授（当時）との対談の中で指摘している。

（北京の日本大使館は情報を）ほとんど取れていません。というのもどういう情報が重要なのか大使館の上の人たちが判断できないため、適切な指示がなされない。つまり必要な情報の方向がわかりませんから、結局、情報は入ってきません。

こう述べたうえで、機密を保護する保密意識の低さ、さらには、外務省入省後の研修を中国語で受けた「チャイナ・スクール」と呼ばれる中国を専門とする外務官僚の親中国姿勢が批判される。

鐸木氏の発言について、さすがにそれはなかろうと思い、なにがしかの私怨があったのではないかといぶかしんだものだが、同じ一党独裁国家を対象とする者同士として、そばにいて感ずるものがあったのかもしれない。

ともあれ、北京市国家安全局の秘密主義は徹底していた。行動を起こす段階になっても、中国外務省ですら事前に国家安全局の計画を知らされていた形跡はなかった。

新聞社として9月30日に東京の中国大使館に申し入れをした際、応対した広報担当参事官は事情を承知しておらず、驚いた様子だったという。当然、問題とされた4本の記事についても知らず、社側が持参した記事のコピーを複写させてくれと頼んできたほどだった。この参事官は日本の中国担当記者が中国の報道ビザを申請する際にお世話になっているひとりだった。

事案をめぐって両国の外務省の間でどんなやりとりがあったのか詳細は不明だが、ひとつ奇妙なことがあった。

帰国後に聞き及んだところでは、９月30日の時点で、私に対する処分について、「期限内に中国を出国し、５年以内は中国入国禁止」とすることが決定したと、中国外務省から日本外務省に伝えられていたという。

これは、その後の10月４日に私が宣告された内容とまったく同じであり、実際に言い渡される日の４日前には処分が決まっていたことになる。

しかも、中国側は、このことは日本外務省だけに伝えるので他言無用と念押ししたという。むろん、その日のうちに外務省から読売側にも伝わった（わたしのところまで情報は届かなかったが）。

日本外務省には伝え、読売側へは伝えない（伝わることは想定していただろうが）ということは何を意味するのだろうか。その後の３日間は取り調べが中断し、空白の72時間となるのだが、陽動作戦だったのか、あるいは別の意図があったのか。処分内容は内々に決まったものの、そのまま実行すべきか否か内部で議論があったのかもしれない。

## 「日中友好」で収拾図る

少しでも中国の行動原則を知っておれば、試みても詮ないことだとはわかるが、事態の収拾をめぐる日中両国外務省のやりとりの中で、両国における報道のあり方の違いや報道の自由、報道における取材源の秘匿の原則が議論される場面があったとは聞いていない。

むしろ、日本側からは「日中友好」の観点から中国側に適切な対応、穏便な処理を働きかける方針であると伝えられたという。

日中国交正常化時の共同声明の精神に基づく「日中記者交換協定」の枠組みのもとで北京に駐在する日本人記者の問題を処理する以上、協定の制約を受けるのはやむを得ないと考えられたのだろうか。

ただし、実際に国外退去処分が出た後の外務報道官の談話は「基本的には中国政府と報道機関との間の問題であり、日本政府として特段の措置をとることはない」というものであった。

中国側は、最高クラスの「絶密」級の機密文書1件の窃取だけでも懲役7年以上の罪になるのに、あろうことか、私がそれを複数持っていたとして、その情状がいかに悪質であるかを強調していた。

前にも触れたように、赴任以前から支局にあった文書のほか、私が取材源から聞き取ってメモしていたものも含め「機密文書」が押収されたが、それらがどのクラスの機密にあたるのかの説明は国家安全部からなかった。安全局側は当初から記事４本を示して情報源を追及してきており、関心はあくまで情報源にあったというべきだろう。

私が中国を去ってからほぼ１か月後の１９９８年11月18日、中国当局はドイツの週刊誌「シュピーゲル」のユルゲン・クレンプ北京特派員に対し、「国家機密を不法に入手した」として、48時間以内に国外退去するよう命じ、５年間入国禁止にした。

私に対するのとほぼ同じ内容の処分だったが、ドイツ外務省報道官は「極めて深刻な事態」とし、中国政府に処分の撤回を求める方針を示した。

また、米国務省報道官は98年11月、私とクレンプ記者の国外退去処分について、「中国は表現と報道の自由を尊重する意思があるのか、深刻な問題を提起している」と批判し、米政府が最高首脳レベルで懸念を伝えたことを明らかにした。

欧米と日本とで当局者の反応がこんなにも違うのは、言論の自由に対する価値観の相違もさることながら、政府間協定によって記者を交換している日中間の特殊な関係が大きく影響しているのではないだろうか。

政府間協定が記者交換の原則として、国交正常化時の日中共同声明の精神、つまり「日中友好」を掲げていることは、記者の取材活動を制約することにつながりかねない。

私が事務所の家宅捜索の際、腹立ち紛れに「中国共産党は5年もすればなくなるだろう」と口走り、安全局側の態度を硬化させることになったと書いた。相手側はこの発言を相当に問題視し、国家安全部との連携がよくないと思われた中国外務省もこの件では歩調を合わせた。

中国外務省は後の読売側とのやりとりの中で、私のこの発言を取り上げ、「態度がよくない」と指摘したと聞いた。事の是非を判断するに当たって、本件とは直接関係のない発言を踏まえた「態度」という内面の問題まで考慮していたのである。

日本人記者が中国駐在を何度か経験しながら中国問題の専門記者として生計を立てていくためには、記者交換協定の枠組みの中で動かねばならない。中国ににらまれることは得策ではなく、そうならないためには自主規制も選択肢の一つとならざるを得ない。

## 報道フレームをめぐって

日本の中国報道のスタンスが「日中友好フレーム」から「普遍的価値フレーム」に変わってきたとの見方がある。高井潔司・桜美林大学教授が著書『中国文化強国宣言批判——胡錦濤政権の落日』のなかで指摘している。国交正常化からしばらくは「日中友好」を前面に押し出した報道が主流だったが、90年代以降は自由や民主といった「普遍的価値」を中国側に求めるような報道姿勢が目立っているとするものである。日本新聞協会が１９９６年、訪中団派遣をめぐり、中国側が産経記者を招請しないことを理由に「言論の自由」を掲げて派遣中止を決めたことは、そうした報道フレームの変化を感じさせる。

実は、高井氏は、読売新聞の先輩で、中国総局（北京支局）時代の上司に当たる。現地で一緒に仕事をしたのは１９９７年の鄧小平死去前後のことで、第３章で触れたように、私が彭真元北京市長の死去を誤報し、社内で処分を受けた際は、累を及ぼしてしまい、申し訳なく思っている。

私の案件をめぐる当時の日本外務省の対応を振り返ってみると、報道フレームは変わっても、外交フレームはまだ「友好」が基調だったことを感じる。日中間には戦火を交えた歴史があり（主な対戦相手は、中国共産党ではなく、共産党との内戦に敗れ台湾に逃れた中国国民党だったが）、外交関係を樹立した国交正常化時の日中共同声明は「平和友好関係の確立」をうたい、その６年後に締結されたのがまさに日中平和友好条約だった。戦後の日中外交は「友好」から再出発した。

だが、外交も徐々に友好フレームから脱しつつあり、目下、対等な関係としての「戦略的互恵」関係の構築を模索している。仮に現在、中国に駐在する日本人記者の間で当方と同様の事案が発生したら、外務省の反応も多少は違ったものになるだろう。

ところで、日本の中国報道が「日中友好フレーム」から「普遍的価値フレーム」に転換したと指摘する高井氏は、このフレームのもとで、日本の中国報道は、中国の民主化の遅れや人権侵害といった負の側面を批判するステレオタイプの報道が目立つと問題を投げかけている。前掲書の中で、そうした典型の一つとして、当方が大阪本社編集委員時代、大阪本社版にあったコラム欄に書いた駄文を名指しでやり玉に挙げておられる。

氏の言わんとするところは、記者は足で書いてなんぼということであり、事実を確認しそれに基づいた報道に心がけよ、憶測や思い込みで報道するなという点にある。事実に則り、事の是非を判断する精神を発揮すべきということになる。

その通りであるが、中国の場合は、事実に基づき報道しようとしても、その事実を確認する作業が容易でないことも多く、逆に妨害を受けることさえある。さまざまな規制や報道統制から何が事実かさえ不明瞭な場合もある。

だから、思い込みで報道してもよいというつもりはない。ただ、フレームの転換点となった天安門事件前後は、世界的に一党支配体制のそうした面の弊害に対する批判が噴出し、それが相次ぐ政権崩壊をもたらしたのであり、１９９０年代以降、普遍的価値観への関心は中国に対してだけでなく世界的な潮流になったように思われる。

中国自身、90年代後半、人権に関する多国間条約である二つの国際人権規約に署名しており、そうした流れを重視する姿勢を見せている。

国際人権規約のうち、「市民的・政治的権利に関する規約（B規約）」は、締約国に以下のような内容を重んじるよう求めている。

やや煩雑ながら、一部を引用すれば、その内容とは「人権及び自由の普遍的な尊重及び遵守を助長すべき義務を国連憲章に基づき諸国が負っていること」を考慮したり、「自由な人間は市民的及び政治的自由並びに恐怖及び欠乏からの自由を享受するものであるとの理想は、すべての者がその経済的、社会的及び文化的権利とともに市民的及び政治的権利を享有することのできる条件が作り出される場合に初めて達成されることになること」を認めたりする――こととなる[11]。

そもそも中国憲法第35条は、「中華人民共和国の公民は言論、出版、集会、結社、行進、示威の自由を有する」と明確に規定している。

世界貿易機関（WTO）に加盟し、オリンピックと万博を開催し、国際社会で影響力を強める世界第2位の大国にして国連安全保障理事会常任理事国には、世界の目が注がれている。普遍的価値の規定は難しいが、中国において、多くの国で受け入れられている規範を逸脱するような異質な行為があると認められるならば、当局は説明する責任があるだろう。そうした場合、報道の自由を享受する国の報道機関としては堂々と声を上げなければなるまい。

1 孫平化『中国と日本に橋を架けた男「私の履歴書」』

2 秋岡家栄『北京特派員』

3 「朝日新聞」1995年4月22日付「戦後50年　メディアの検証12〈消えた林彪〉」

4 佐々克明『病める巨象―朝日新聞私史』

5 1932年9月16日、抗日ゲリラ勢力が撫順炭鉱を襲撃、炭鉱従業員に死傷者を出し、炭鉱施設に被害が出たことを受け、撫順駐留の独立守備隊がゲリラが潜んでいた平頂山村の多数の現地住民を殺害した事件。死者は中国側主張の3000人から400～800人と諸説ある。

6 中国などが主張する、旧満州を中心に日本経営の鉱山などで使いものにならなくなった中国人労働者を生き埋めにした「ヒト捨て場」とされるもの。1か所あたり1万人も埋められたとされるが、元炭鉱関係者らは「事実無根」と否定している。

7 日中戦争中、日本軍の戦術に対する中国側の呼称。中国語の「光」には「しつくす」の意味があり、殺光（殺しつくす）、搶光（奪いつくす）、焼光（焼きつくす）を指す。

8 日中戦争で南京が占領された1937年12月前後、南京城内外で日本軍が中国軍の投降兵、捕虜、一般市民らを大量に虐殺したほか、放火、略奪、強姦などの非行を加えたとされる事件。

9 『「朝日」に貶められた現代史―万人坑は中国の作り話だ』

10 段躍中編『春華秋實―日中記者交換40周年の回想』

11 外務省ウェブサイト

# 第6章　江沢民時代

# 九十年代

本書で取り上げた事案の発生は、江沢民（こうたくみん）という人物が中国共産党トップの総書記の座にあった時代的な背景が濃厚に関連していたと思われる。私の中国体験は、上海に赴いた１９９０年夏に始まり、中国に返還される前の香港での駐在を挟み、北京で国外退去を通告された１９９８年秋に終わる。90年代の江沢民時代に重なる。

ロシアを訪問した江沢民国家主席
（１９９８年4月、筆者撮影）

１９９０年代を現代中国の転換点とする見方がある。その名も『九十年代』を誌名とした香港の月刊政治評論誌の盛衰は、そのことを象徴しているかのようである。『九十年代』が「無期限休刊」という形で事実上廃刊したのは、私が中国を去る５か月前の１９９８年5月のことだった。

『九十年代』は英国植民地時代の香港

で１９７０年2月、『七十年代』として創刊し、中国と英国の交渉で香港が１９９７年に中国に返還されることが決まった84年、返還の年の97年を展望する意図を込めて改名された。台湾海峡を挟み、中国大陸の共産党政権と民主化以前の台湾・国民党政権の二つの独裁政権が言論を厳しく統制するなか、植民地でありながら言論の自由が保障された香港を拠点に、中国、台湾、香港という三つの中華世界を読み解く分析記事や評論で読者を引きつけた。部数は実売5万部といわれた。

編集長の李怡（りい）氏は中国問題の評論家として知られた。中国語版ウィキペディアには日本との関わりについて「日本の報道界は『九十年代』の記事をしばしば引用し、それを〈香港の象徴〉とみなし、政府に対するそのチェック・アンド・バランスの役割を賞賛するとともに、李怡は多くの日本メディアのインタビュー対象でもあった」との記載が出ている。

確かに、日本のメディアは90年代前半頃まで、『九十年代』の記事をよく翻訳して転載した。香港は今でも中国情報を収集する拠点の一つであることに変わりはないが、その役割がより強かった時代を代表する雑誌だった。当方も香港に駐在していた当時、李怡氏に幾度かコメントをもらったことがある。白髪で面長、ニヒルな表情が記憶に残る。

国民党独裁下の台湾側から「親中共」とみなされ、台湾で民主化が進んだ後は中国側から「親国民党」として発禁扱いされた。いずれの側にも距離を置き、是々非々で持論を展開する姿勢が海外で評価されたといえよう。

時代は動き、中国は改革・開放へと路線を転じ、台湾は戒厳令を解いて民主化を進め、香港は中国に返還される。天安門事件後、中国共産党への批判姿勢を強めた李怡氏は香港返還後に台湾に移り、『九十年代』台湾版を創刊した。しかし、皮肉にも台湾の民主化の進展が、雑誌の存在価値を低下させる結果になった。

『九十年代』の廃刊は香港の中国返還から10か月後のことである。李怡氏は「台湾では、現地の雑誌や新聞にかなわなくなった…。中国では経済の自由化で社会が変わりつつある」と語っていた。

香港を代表した雑誌の消滅は、90年代を通じて、中国、台湾、香港を取り巻く環境が大きく変化したことを印象づけたのである。

## 鄧小平の遺産

2度目の中国勤務で北京に赴任したのは1996年8月、江沢民氏が共産党総書記、国家主席、中央軍事委員会主席の党・国家・軍の3権を握っていた江沢民時代が折り返し点にさしかかった頃だった。

中国の転換点を予感させる状況が現れつつあった。在米の中国人ジャーナリストで経済学者の何清漣（かせいれん）氏は「１９９８年」をその節目と位置づけている。[1]香港の月刊誌『九十年代』が28年の言論活動に幕を引き、私が中国当局から国外退去を言い渡された年である。

そうした見方を後押ししたのは、新たな世紀が迫る世紀末の雰囲気を濃く醸し出すことになる大事件の発生だった。

１９９７年２月19日、最高実力者の鄧小平（とうしょうへい）が92歳で亡くなる。「政治的空白」といえるような状況も予想されるなかで、さまざまな思いが交錯したのだろう。民主化を模索する動きも出現した。欧米メディアは、それを文化大革命終了後の状況になぞらえて「北京の春」と呼んだ。

鄧小平は激動の中国現代史において３度失脚しては３度復活を遂げ、「不倒翁（ふとうおう）」の異名を持つことで知られる。10年の混乱が続いた文化大革命が終わると、社会主義の専売特許であった計画経済に市場原理を取り入れ、資本主義諸国からカネを呼び込む「改革・開放」というユニークな政策を発案した。１９７８年に始まった改革・開放は、98年がまる20年の節目に当たっていた。そして２０１８年は40年になる。

党の公式文書で「改革・開放の総設計師」とたたえられる人物の死は、世代交代と新時代の到来を予感させるものだった。翌年の99年には中華人民共和国の建国50年という大きな行事が控えていた。

しかし、条件の整ったところから先に豊かになる「先富論」を唱えた鄧小平の改革はすでに行き詰まっていた。平等が原則だった社会主義の国で格差を容認したのである。そこは商才にたけた民族のイメージが強い国柄であり、富める者はますます豊かに、貧しい者はますます貧するという状況が際だってきた。腐敗が常態化し、環境破壊が進んだ。めざましい経済発展とともに改革のマイナス面が顕著になっていた。不満分子は盛んに集団抗議に打って出るようになった。

当時の江沢民政権は、最高実力者・鄧小平亡き後、改革のひずみという鄧の遺産をいかに克服し国民の信頼を回復するか、さらに建国50年から21世紀に向けた共産党の生き残りをどう図るかなど山積する課題に直面していたのである。

小島朋之・慶応大教授（当時）も、この前後の時期を中国の転換点ととらえていた研究者の一人である。霞山会発行の月刊誌『東亜』に連載していた「中国の動向」の中で、１９９６年から98年までの３年間を、21世紀の富強大国に向けて「新たな突破」が模索された時期ととらえたうえで、97年に開催された第15回共産党大会をその「結節点」と位置づけていた。(2)

なお、小島教授とは、公益財団法人「日本国際フォーラム」が随時出している政策提言を起草する仕事でご一緒させていただいたことがある。２００６年10月に発表した第28政策提言「変容するアジアの中での対中関係」の起草委員の主査を教授が務められ、当方は委員の末席に加わらせていただいた。会合の後、居酒屋に立ち寄り、ご高説をお聞きするのが楽しみであったが、酒もたばこもたしなまれ、ざっくばらんな性格で懐の深さを感じさせる方だった。その2年後、64歳の若さで亡くなられたのは青天の霹靂であり、偉大な中国研究者を失ったことは痛恨の極みであった。

## 第15回共産党大会

中国共産党大会は党全国代表大会とも呼ばれ、5年に1度開かれる。中国では厳密な意味で「党」といえる組織は共産党しかない。それゆえに、単に党大会、あるいは回数をつけて、第19回党大会なら「十九大」（シージウダー）と略称で呼ばれる。

党規約は、党大会を「党の最高指導機関」と位置づける。主な権限は、党規約の改正、閉会期間中に職務を代行する中央委員会の選出、重大問題の決定、中央委員会報告や規律検査委員会報告などの審議である。

党大会は中国にとって5年に1度の最大級のイベントであるから、開催に向けては、党の喉舌である官製メディアを総動員したＰＲ活動が熱を帯びる。

外国の報道機関にとっても、今後5年間の中国の施政方針や人事が決まる重要な会議である。近年は、最高指導者の任期は2期10年が慣例となっており、指導者が交代する大会となれば重要性はいっそう増す。最近では、２０１２年の第18回党大会で胡錦濤氏が10年の総書記の任期を終え、習近平氏がその跡を引き継いだ。慣例に従えば、２０２２年の第20回党大会で習氏は後任にポストを譲ることになると見られていたが、２０１８年春の全人代で国家主席の任期を10年と定めていた規定が憲法から外され、情勢は不透明となってきた。

日本の報道機関の場合、海外駐在記者の1回の任期は3年前後が一般的である。このため、運が悪ければ任期中に党大会に巡り合えないこともある。もっとも、いったん中国担当となれば、長く中国専門記者を務める例が多い。そうなれば複数回にわたって駐在することになり、1度は党大会を取材する機会に恵まれることになる。

私が経験した最初の党大会は、初めての中国特派員として上海に駐在していた１９９２年に開かれた第14回党大会だった。ただ、現地の取材態勢は政治的に重要な出来事は北京駐在の記者が担当する慣例となっている。この時は、北京に出張し、本筋の記事を書く北京支局の先輩記者の傍らで補助的な仕事をしただけだった。

したがって、本腰を入れて党大会を取材したのは、１９９７年9月に開かれた第15回大会が最初だった。そして、その翌年に国外退去処分を受け、中国特派員の道を事実上断たれたため、現地で取材した最後の党大会ともなった。それだけに、思い出深い大会であった。

## 社会主義初級段階論

党大会では、総書記が中央委員会を代表して報告を行い、その中で重要政策や施政方針を打ち出す。第15回党大会報告の基本的な理論となったのは「社会主義初級段階論」であった。異例だったのは、この社会主義初級段階論が党大会の基本理論となることが大会の３か月前に示唆されたことだ。

実は、「社会主義初級段階論」は江沢民氏の専売特許ではない。１９８７年の第13回党大会で当時の趙紫陽（ちょうしよう）総書記が打ち出したもので、江氏はそれを再提起する形となった。

その趣旨は以下のようなものである。中国は社会主義に移行する「初級段階」、いわば入り口にある。経済的にも立ち後れており、社会主義に移行するためには、さらなる発展が必要となる。生産力を発展させるためには資本主義的な要素も大胆に利用することができる――。この理論の背後には、趙紫陽の後見人だった改革・開放の総設計師、鄧小平がいたことは言うまでもない。

改革・開放に対し、社会主義に忠実な保守派は「資本主義ではないか」と批判を繰り返してきた。社会主義初級段階論は、そうした保守派の批判に反撃する理論武装として考案されたのである。

江沢民氏は、社会主義初級段階論の再提起を党大会まで３か月となる97年5月、党の中・高級幹部の研修機関である中央党校（共産党中央党学校）での演説で行った。江氏がこのとき「利用できる」と主張したのは、「すべての経営方式と組織形態」だった。経済分野で非公有部門を拡大させる所有制改革をもくろんでいると考えられた。

この時点では、中央党校での江沢民演説が党大会の基本理論を示したものであることは明らかにされていない。だが、中国政治の流れを丹念に追っていれば、演説が党大会に向けた伏線であるらしいと察することは可能であった。

なお、この時期、中央党校のトップである校長は、次期指導者候補が務めるのが慣例となっていた。このときの校長は江沢民氏の後任の総書記となる胡錦濤氏（校長在任１９９３～２００２年）だった。現総書記の習近平氏は２００７年から12年まで校長を務めている。

## 万言書

江沢民氏がこの時期、あえて社会主義初級段階論を持ち出してさらなる改革を断行しようと試みたのは、当然、それなりの理由があったからである。鄧小平に指名されてポスト鄧を任された江氏は、鄧亡き後の改革路線の継承に危機感を募らせていたと思われる。それだけ、改革に対する保守派の攻撃が強まっていたのである。

王朝時代、皇帝に提出する長い上奏文を「万言書」といったが、この頃、「万言書」と呼ばれる、改革を批判する文書が何種類も出回っていたのである。「万」は具体的な数字ではなく、その文書の文字数が膨大であることを意味する。

たかが一篇の文書といえども、表向き「社会主義」を掲げる共産党政権にとって、伝統的な社会主義の立場から路線の逸脱を指摘されることで受ける打撃の大きさは我々の想像を超えるものがあるらしい。そうした批判に同調する勢力も小さくないのである。鄧小平なら「論争せず」とひと言で批判の声を退けられたが、鄧以後、それほどのカリスマを備えた指導者はいなくなった。

私は第15回党大会に向けた連載企画のために、「万言書」の発信元に接触を試みたことがあった。

保守系の理論誌に隔月刊の『当代思潮』がある。その「編集部」の名で書かれた万言書は、「公有制の主体的地位を堅持する若干の理論と政策問題について」という堅いタイトルがつけられ、2万4000華字と、400字詰め原稿用紙にして60枚を費やして、公有制の堅持を訴えていた。通常、中国語から日本語への翻訳は文字数にして2～3倍にもなるといわれる。相当の長文であるうえ、社会主義の理論が延々と続く内容であるため、中国語を母語としない者にとって読むのは苦痛だった。

かいつまんでいえば、「公有制の主体的地位が失われたら、労働者階級は被雇用労働者に転落し、共産党は統治の経済的基礎を失う」などと危機感をあらわにして、当時の共産党政権が、公有制をおろそかにし、脱社会主義を加速させているとの批判を展開していた。

背景には、国有企業の赤字問題が深刻化していたことを受け、政府が苦境を脱するために企業の閉鎖や株式会社化など公有制から多様な所有形態への移行を模索していたことと、その結果としての失業問題があった。万言書の背後には、保守派の長老たち、とりわけ、当時81歳で保守派のイデオローグといわれた鄧力群（とうりきぐん）・元共産党中央宣伝部長がいるとされていた。

「当代思潮」誌に書かれた編集部の住所を尋ねると、胡同（フートン）と呼ばれるかつての北京の下町に特有の狭い路地が入り組んだ平屋の集合住宅の一室に事務所があった。編集活動をしているとは思えないほど閑散としている。「共産党指導部を攻撃する党内保守強硬派の不気味さを感じさせる」と当時の記事に書いたものである。応対に出た中年女性に、鄧力群と関係が深いと聞いたがと水を向けると、「鄧力群同志と我々の観点は近い」と関係を否定しなかったことが、妙に生々しく記憶に残っている。

## ベストセラー『交鋒』

中国では、社会主義に忠実な勢力が保守派あるいは左派、自由や民主を重視する立場が改革派あるいは右派とごくおおざっぱに色分けされる。この点は、左右の観念が日本とは逆になるのでややこしい。

毛沢東時代は左派つまり保守派の力が強く、１９５７年の「反右派闘争」では55万人が「右派」のレッテルを貼られ、公職を追われた。右派とされた人々が名誉回復するのは、20年後、左派の勢力が最高潮に達した文化大革命終了後の１９７８年以降である。

改革・開放後は左派に対する抵抗が強まる。鄧小平は１９８７年にこう語っている。

数十年来の〝左〟は習慣的な勢力となっている。我々には〝左〟からの妨害もあれば、〝右〟からの妨害もあるが、最大の危険は「左」である。慣れてしまえば、人々の考えを変えるのは簡単ではない。(3)

とはいえ、共産党政権が社会主義の看板を堅持する以上、保守派（左派）は常に一定の勢力を保ち続けている。１９９８年当時は、万言書を世に問うなどの動きが活発になっていた。それに対抗するかのように、改革派の言動も勢いを増した。

江沢民氏が第15回党大会に向けた狼煙として行った97年5月の中央党校演説は、その基調となった「社会主義初級段階論」がもともと第13回党大会で改革派の趙紫陽が打ち出したものであっただけに、改革派の期待に沿うものであった。

さらに、党大会の翌年98年3月に任期が更新されて開催された第9期全国人民代表大会（国会）第1回会議において、改革派として国民の間で人気のあった朱鎔基氏が李鵬首相の後任として登場し、「江—朱体制」が発足したことも明るい兆しと受け止められた。

ベストセラーとなった『交鋒』中国語版

そうした兆候を象徴するように一冊の政治本が爆発的なベストセラーとなった。書名は『交鋒』（邦訳も同名）といい、著者は共産党機関紙「人民日報」評論員・馬立誠、主任記者・凌志軍の2氏である。97年3月の出版から1か月で4刷を重ね、20万部を売り上げた。中国の政治関連書籍では異例の多さで、まさに「洛陽の紙価を高める」勢いであった。

同書は改革・開放20周年に合わせて企画された。出版1年後の全国人民代表大会で朱鎔基首相が誕生し、朱鎔基人気と相まって一躍脚光を浴びた。書評で同書を取り上げた国内の新聞はわずか1か月の間に数十紙に上ったと言われ、一種のブームが巻き起こった。

『交鋒』は、矛（鋒）を交える、つまり戦いを意味する。改革・開放以降、改革を批判する保守派の文書である万言書といかに戦ってきたかの歴史を詳述した。

キーワードは「思想解放」である。伝統的な社会主義の考えにとらわれず、思考を柔軟にすることを意味する。同書は「第3の思想解放」を標榜したが、それは、第1の思想解放を改革・開放がスタートした1978年前後、第2の思想解放を、鄧小平が中国南部を回り改革の再号令をかけた1992年の南巡講話と位置づけたうえで、改革・開放20年の1998年前後を第3の思想解放を行う時期であると期待を込めたのである。

私は北京駐在中、著者の馬立誠氏とは同業者のよしみでときどき会い、馬氏が好きな日本酒を酌み交わしたものだが、まさに開放的な考え方の持ち主だった。その後、馬氏は日中関係について発言するようになる。2002年、中国は過去の歴史に縛られず、未来志向で日本との関係構築を図るべきだとする「対日関係新思考」[4]を唱え、日本でも注目を集めた。2015年の第2作に続き、

第19回党大会直前の17年9月、日中国交正常化45周年記念として第3作を発表した。習近平政権の対日政策の風向きを見据えたものと見られた。

## 方覚氏の意見書

こちらは「右」からの万言書といえた。98年の全人代に合わせ、共産党内の民主化を求める若手グループが中心となって党上層部に意見書を出した。普通選挙の実施や報道、結社の自由、台湾の主権の認知など思い切った政治改革と幅広い政策変更を求める内容を盛り込んでいた。私はこの意見書を全人代開幕前に手に入れ記事にした。

意見書は「中国は新たな転換を必要とする――民主派の綱領意見」と題されていた。当時、共産党内部にも時代の「転換」点を意識する人々がいたということだろう。政治、経済、外交、文化、（中台）統一の5章立ての意見書の筆者は、かつて政治改革運動の拠点となった中国社会科学院政治学研究所の元研究員、方覚（ほうかく）という。当時43歳だった。北京大学出身の方氏は、趙紫陽・前共産党総書記のブレーンで天安門事件を機に国外亡命した厳家其（げんかき）・元社会科学院政治学研究所長の部下だったが、事件後に職場を離れた。グループには党中央や地方党委員会の若手・中堅幹部が加わっているといわれた。

意見書は、県レベルで実施している議会の直接選挙に関連し、「経済、教育、政治意識の水準からみて県以上でも実施できる条件が備わった」として、全人代で世界の基準にならった「選挙法」の制定を議題とするよう提言した。また、民間の新聞、出版社やテレビ局の設立、結社の自由を認める法律の制定も説き、議会制度を中心とする政治体制への移行を訴えていた。

台湾問題については、中国と台湾は国際法上、対等の地位を備えているとして、中台関係の将来は台湾住民の選択を尊重し、平等の立場で台湾と政治対話を行い、台湾への武力行使を放棄すべきだと指摘していた。台湾側の主張に沿った内容である。

チベットに関しては、「十分な自治」を考慮できるとして直接選挙による指導者の選出などを挙げ、これについて、中国政府が亡命中のチベット仏教の最高指導者ダライ・ラマ14世と協議するよう提案した。

外交問題では、南沙諸島問題など領土紛争の緩和、核軍縮、軍事費の削減、国際人権組織との協力など人権の尊重、日本、米国との関係を強化する必要性などを取り上げた。

最後に、意見書は「われわれは執政党（共産党）が政治的立場の異なる者も含め、各方面の代表性のある政治家と中国の民主の進展について話し合うよう提案する」と述べ、天安門事件で責任を問われた者に対する完全な名誉回復、すべての政治犯の刑事処分の取り消しを求めていた。

かなり大胆な内容であり、指導部に受け入れられる可能性は皆無だったが、注目されるのは、この意見書が党内の若手から出されたという点である。このとき、北京には、こうした主張が出てくるような一種独特の政治的空気が流れていたことは間違いない。

方覚氏については、当方の勉強不足もあり、その後の足取りを把握していなかったが、2014年に出た遠藤誉・筑波大名誉教授の著書[5]によって詳しく知ることができた。

それによれば、方覚氏は中国社会科学院政治学研究所を離れた後、1991～94年、福州市で市計画委員会副主任などを務めた。当時の福州市書記は習近平氏であり、一時は習氏のもとで働いたことになる。「意見書」が提出された4か月後の98年7月に逮捕され、釈放後の2002年に在中国米国大使館に助けを求めたが中国公安当局に阻まれ、翌年、米国大使館員が同行して米国に渡り亡命したという。筆者の中国退去時は獄中にいたことになる。

実は、方氏は李克強(りこくきょう)首相と北京大学の同級生であり、近しい間柄であったようだ。だが、亡命後は、大学で学生リーダーを務めた李克強氏の姿勢を保守的で当局寄りだったと具体例を挙げて批判し続けている。

遠藤氏は李克強氏の人となりを考えるうえで方覚情報に信頼を寄せている。その理由は、方氏が「自由と民主」を唱えて最後まで主張を曲げなかったからであり、「中国で『正しいことを発信し続ける』のは命がけなのだ」と記す。中国で生まれ育ち、中国人をよく知る著者ならではの見方であろう。「意見書」にも方覚氏の信念がほとばしっているように思えてくる。

## 北京の春

この時期、中国共産党政権下で初の野党となる「中国民主党」を設立する動きが表面化した。それは、山東省、遼寧省、吉林省、黒竜江省など中国各地の広範囲に及んだ。山東省では１９９８年９月、中国民主党山東支部準備委員会の登録申請が省政府に出されたが、省側の「結成の許可を考えている」とのコメントが香港情報として伝えられたため、俄然、耳目をひいた。ちょうど私が北京市国家安全局の事情聴取を受けた頃のことである。

当時の中国は、最高実力者・鄧小平の死去直後という時代の変革期にあって、「江―朱新体制」が改革に向けた姿勢を強めたことも手伝い、それまで抑え込まれていた政治にまつわる議論が一気に高まった感があった。

国民の間にも変化を期待する気分が漂っていたのは確かだ。『交鋒』のベストセラー化、方覚氏らの意見書もその延長線上にあり、「万言書」の出現は別の立場から時代の空気を反映したものだったかと思われる。

この時期の中国を文化大革命終息後に北京で巻き起こった民主化運動に重ね、西側メディアは「北京の春」と形容したが、海外でもそれなりに期待を込めて中国の動向を見つめていたといえるだろう。

1978年から翌年にかけての「北京の春」では、文革の終結に加え、共産党第11期中央委員会第3回総会（11期3中総会）が改革・開放路線への転換を決めたことが民主化議論を後押しした。『交鋒』が言う第1の思想解放の時期である。

1998年は元祖「北京の春」からちょうど20年、同時に改革・開放のスタートから20年でもあり、時代の転換点という共通項もあった。江沢民氏が前年の第15回党大会を（小島朋之氏のいう）「結節点」ととらえ、改革で何らかの突破を図ろうとした節は確かにあった。

印象深かったのは、民主活動家・魏京生（ぎきょうせい）氏が97年11月に仮釈放されたことである。78年の北京の春で中心的役割を担った魏京生氏は、北京市西単に出現した大字報（壁新聞）「民主の壁」で「4つの近代化」（農業、工業、国防、科学技術）に加え、5つ目の近代化として、「政治の民主化」実現を訴えた。だが、共産党批判を展開するなどしたとして、反革命扇動罪などで懲役15年の判決を受けた。刑期満了で釈放された後、政府転覆活動を行った容疑で95年11月に再び逮捕され、懲役14年の刑に服していた。

最初の「北京の春」の主役だった魏京生という政治犯が20年後の2回目の「北京の春」に釈放さ

れたことでいよいよ期待感が高まった。

続いて、魏京生氏仮釈放の翌98年４月、天安門事件（１９８９年）の学生リーダーだった元北京大生の王丹（おうたん）氏も仮釈放される。天安門事件で反革命罪により懲役４年の判決を受け、仮出獄後の96年10月、今度は政権転覆陰謀罪で懲役11年を言い渡されていた。

## 米国との関係改善

魏京生、王丹両氏は仮釈放されると、そのまま米国へと出国し、事実上の亡命をした。事前に米側と協議したうえでの措置だったことは明白である。魏氏の仮釈放は、97年の江沢民氏の米国訪問から10日余りあと、翌年の王氏の仮釈放は、当時のクリントン米大統領の中国訪問の２か月余り前というタイミングで行われた。

江沢民氏は政権浮揚の足がかりとして、主要国との外交関係の立て直しを模索していた。最重要国が米国だったのである。97年の江沢民訪米、翌年のクリントン訪中で米中首脳の相互訪問が実現する。米大統領の訪中は天安門事件直前の１９８９年２月以来８年ぶりであり、訪問自体が象徴的な色彩を帯びていた。

米中関係の鍵は台湾問題と位置づけられる。台湾に関しては、1995年の李登輝総統の米国訪問や96年の台湾初の総統直接選挙をめぐり、中国が台湾海峡でのミサイル発射や軍事演習を強行して圧力をかけ、これに対し、米国が空母を台湾海峡に派遣する挙に出て、双方の関係は極度に悪化していた。

それだけに、その後の米中改善は江沢民氏にとって大きな外交得点となったことは間違いない。第2の「北京の春」は、結果として外交分野にも好ましい影響をもたらしたといえるだろう。

クリントン大統領訪中に際しては、天安門事件で失脚し北京の自宅で軟禁中だった前総書記の趙紫陽が公開書簡を発表した。当局により「反革命暴乱」と決めつけられた事件の見直しを求めたものだ。私はこの書簡を記事にした。これが後に、北京市国家安全局が私を取り調べた際、〝罪状〟のひとつに数えられることになる。

当局にとって、趙紫陽の公開書簡発表は米中関係改善に水を差す看過しがたい行為だったことに加え、江沢民氏にとって、趙紫陽は目の上の瘤のような存在であった事情があり、そのことが江沢民政権の限界を物語っていた。

## 国外退去直後の江沢民訪日

日中関係は1996年、日米安保共同宣言、橋本龍太郎首相をはじめとする閣僚の靖国神社参拝、右翼団体による尖閣諸島への灯台設置問題などをめぐって悪化した。

しかし、97年は日中国交正常化25周年、98年は日中平和友好条約締結20周年の節目に当たっていたことから双方が関係改善を模索する。その結果、97年に橋本首相の訪中と李鵬（りほう）首相の訪日が実現し、関係が好転した。

そして、98年11月下旬に江沢民氏が国家主席として来日した。中国国家元首の訪日は史上初めてという重要な訪問となった。江沢民氏と当時の小渕恵三首相との首脳会談で合意した「平和と発展のための友好協力パートナーシップの構築に関する日中共同宣言」は日中関係の転機となる重要な文書だった。日中関係を従来の2国間の善隣友好関係から地域、世界の中での戦略的関係と位置づけたのである。外交面でも「日中友好フレーム」からの脱却を双方が模索していたといえるだろう。

この訪問では、江沢民氏は行く先々で歴史問題を持ち出し、ひんしゅくを買った。宮中晩餐会では革命家・孫文（そんぶん）の号「中山（ちゅうざん）」にちなんだ中山服を着用したことも、日本を牽制するもので、礼を失するなどと批判を招いた。

だが、実は、中山服の一件は、日本側が中国側に依頼したもので、中国側随員の中にはわざわざ新調した者もいたのである。とかく日中間の議論は感情に流される嫌いがあるが、事実に基づいて真理を探究する「実事求是」の精神が必要であることの戒めとすべきであろう。

江沢民氏の訪日は、私の中国退去処分から1か月余り後のことで、当方は読売新聞東京本社国際部の中国担当記者にもどっていた。自身にとっては、まだ中国での記憶が生々しく残っていたが、国家間の大事の前では一記者の処遇など取るに足りない些事にすぎないと割り切りつつも、複雑な思いで取材に当たった。

98年11月28日、東京・内幸町の日本記者クラブで江沢民氏が行った記者会見の場にも足を運んだが、退去後初めて顔を合わせた他社の記者から慰労めいた言葉をかけられた。新聞社では、日本が絡む外交問題を取材する場合、主要テーマに関する本記筋の記事は政治部の記者が書き、国際部(社によっては外報部や外信部)の記者は補足的なサイド記事を書くのが慣例となっている。

私は「江沢民氏は会見で台湾問題に関し、武力行使を放棄しない強硬姿勢を示す一方、台湾に住む旧友との再会をユーモアを交えて披露する江沢民流のパフォーマンスも見せた」といった内容のサイド記事を書いた。

この時の日本訪問により、中国は対米国、対ロシアなどと展開してきた大国外交が完成し、台湾に対する外交上の優位が高まった〝余裕〟の表れでもあったようだ。

中台間では江氏訪日の前月、民間交流機関同士のトップ会談が5年半ぶりに再開され、中国は外交の成果を追い風に台湾への攻勢を強める形となっていた。それだけに、台湾の記者がこの会談に触れて台湾への認識などをただしたのに対し、最も時間を割いて返答していた。

武力行使のくだりでは身振りを交えて声を強めた江氏だったが、その後は、台湾に移住した出身地の中学校や母校・上海交通大学の級友と再会したエピソードを紹介し、「中国が一つであることは説明する必要がない」と訴えていた。

江氏は退席する際にしっかりした日本語で「どうもありがとうございました」とあいさつし、芸達者ぶりを垣間見せた。

大学時代の旧友が台湾で事業をしている事実は、江氏の父親が以下で触れるような経歴の持ち主だけに共産党トップの立場からすれば敏感な問題のような気もするが、国を出た気の緩みもあってか、無意識に口が滑ったのではないかと、書いたことも忘れていた記事を20年ぶりに読み返してみて思った。

なお、台湾について、筆者は特別の感情をもっている。1895年から第2次世界大戦終戦まで半世紀にわたり日本の植民地下にあって、当然ながら反日の気運もある一方で、親日感情もまた根強く残る土地柄である。香港特派員時代の仕事の半分は台湾への出張だったと書いたが、台湾を訪れると、統制が厳しい大陸中国とも、生き馬の目を抜くような慌ただしさを感じさせる香港ともまったく違った、中華世界本来のゆったりした時が流れているような気分に浸り、ほっと一息ついたものである。中国から国外退去処分を受けた翌1999年、読売新聞国際部員となっていた筆者は、中国建国50周年の企画取材のため、台湾を訪れた。そのとき、台湾の親日派の方々が宴席を設けて慰労してくれた。その中のひとりは、司馬遼太郎『街道を行く―台湾紀行』の案内役として有名になった「老台北(ラオタイペイ)」こと、蔡焜燦(さいこんさん)氏であった。台湾の人々は気立てのいい人が多かった。

江沢民氏は1926年8月17日生まれの江蘇省揚州人。43年から党が指導する地下学生運動に加わり、46年4月に中国共産党に入党、47年に上海交通大学電機学部を卒業した、と中国政府の公開資料は伝える。

公式には、父が早世したため、共産党幹部を務めた叔父江上青(こうじょうせい)(1911~39年)の養子になったことになっている。実は、父の江世俊(こうせいしゅん)は、日本の傀儡政権だった南京国民政府(汪兆銘(おうちょうめい)政権)の情報機関の幹部だったとされ、江沢民氏は、日本の敗戦により、「漢奸の息子」のレッテルを張られるのを避けるため、すでに亡くなっていた共産党幹部の叔父との養子縁組を画策したといわれる。

江沢民氏が現役時代、愛国主義教育を強化するなど「反日」に異常ともいえる情熱を傾けたのは、出自をめぐるこうした古傷を隠す意図があったように思われないでもない。

中国国内でこの〝秘密〟を語ることは無論タブーであるが、2000年代に入り、呂加平(りょかへい)という人物がブログに「江沢民が出自を偽装して共産党に入党した」という趣旨の書き込みをし、国家政権転覆罪で懲役10年を宣告された。呂は２０１５年5月に釈放され、江沢民氏の影響力の低下がささやかれた。

これに関連して、国分良成・防衛大学校長は、２００６年10月に訪中した安倍晋三首相と胡錦濤前総書記による会談で「戦略的互恵関係」の構築で合意したことなど日中関係が改善する過程では、胡錦濤氏、その後の習近平総書記らと江沢民派との権力闘争が繰り広げられ、反日に執着した江沢民氏の凋落があったと指摘している(6)。

中国においては、外交は内政の延長線上にある傾向がより強いということだろう。権力基盤が格段に強まった習近平第2期政権では、習氏の一存で対日政策が左右される度合いが大きくなると予想される。強硬姿勢が増すのか、あるいは政敵がいなくなった分、世論を気にかけずに柔軟な対応がとれるのか、日中関係を展望するためにも中国の内政から目が離せない。

## 江沢民の限界

第15回共産党大会を前に中央党校で演説し、「社会主義初級段階論」を改めてぶち上げた江沢民氏であったが、実際の党大会報告はいかなるものであったのだろう。実は、さしたる新鮮味はなかった。

第15回党大会は1997年9月12日から18日までの1週間、北京で開催された。江沢民氏が行った報告のタイトルは「鄧小平理論の偉大な旗印を高く掲げ、中国の特色をもつ社会主義事業の建設を21世紀に向かって全面的に推進しよう」[7]である。

確かに世紀をまたぐ報告となったが、タイトルからも察せられるように、最大の特徴は、この年2月に亡くなった改革・開放の総設計師、鄧小平の理論を党規約に書き入れたことである。鄧の錦の御旗を掲げ、政権運営を行うとの宣言にほかならない。

内容で目立つものといえば、非公有部門も所有形態の重要な補完的要素だとして株式制などの導入を促したことぐらいで、予想された範囲内であった。改革が積み残してきた負の遺産にメスを入れるような大胆な改革にはほど遠かった。当時から最大課題といわれてきた国有企業問題は、20年以上が経過した今日でも大きな課題であり続けている。

第15回党大会では、後に表舞台に出る何人かの若手が台頭する。現首相の李克強氏は最年少で中央委員会入りした。太子党は概して不人気で、現総書記の習近平氏、鄧小平の長男の鄧樸方氏の二人だけが中央委員の補欠である中央候補委員となり、重慶事件で注目を浴びた元重慶市党委書記の薄熙来氏（職権乱用・収賄罪などで無期懲役）は落選している。翌98年春の全国人民代表大会の国務院（中央政府）人事では、習近平政権下で腐敗を理由に摘発された、後の政治局常務委員・周永康氏が中国石油天然ガス総公司総経理から国土資源部長（大臣）に就任し、新任閣僚として政界デビューを果たした。

結局、改革・開放がもたらしたひずみや矛盾を解決しようとすれば、その恩恵を受けてきた人々、いわゆる既得権益層の反対を押し切ってさらなる改革を進めざるを得ず、様々な思惑が入り交じった当時の集団指導部内で意見を集約することは容易ではない。このため、ある種の妥協を強いられ、お茶を濁す結果に終わったのではないかと思われる。

何よりも改革を前に進めようとすれば、政治改革と向き合わざるを得ないが、その方面の進捗はほとんど見られなかった。状況は今日も変わっていない。

江沢民氏の訪日が終了した98年12月になると、一転して民主活動家に対する弾圧が強まった。特に、中国民主党結成に動いた主要活動家は軒並み拘束された。こうして、第2の「北京の春」はあえなく幕を下ろすことになる。

## 禍根を残した法輪功弾圧

江沢民政権の次なる目標は、1999年の建国50年をいかに平穏裏に迎えるかに移る。しかし、中国では「9」で終わる年には異変が起きるとまことしやかにささやかれてきた。

古くは1919年5月4日に起きた、学生を中心とし広範な大衆が参加した反日愛国運動の五四運動があり、1949年の中国建国、1959年のチベット動乱、1969年の林彪の後継者指名と中ソ武力衝突、1979年は改革・開放の1年目と続く。

そして迎えた1999年の4月25日、首都・北京中心部で前代未聞の事件が起きる。共産党や政府の組織が集まる中南海周辺でこの日、気功集団「法輪功」のメンバー1万人以上が抗議を行ったのだ。北京でこれほど大規模な抗議行動が起きたのは10年前の天安門事件以来だった。

法輪功に近い大紀元時報[8]の報道によると、ことの発端は、天津の出版物に法輪功を誹謗する内容の文章が載ったことだった。地元の法輪功愛好者らが出版社に文章の訂正を求めて抗議に訪れたところ、警察部隊が出動し、愛好者に暴行を加えたうえ、45人を拘束した。このため、法輪功側は北京で抗議の陳情に打って出た。

法輪功は１９９２年に吉林省出身の李洪志氏（米国在住）が伝授を始め、メンバーは中国大陸で共産党員より多い１億人とも言われた。愛好者は日本を含む世界に広がる。法輪功が運営する明慧ネットには約70か国の連絡先が掲載されている。

法輪功によると、４月25日の北京での抗議の当日、当時の朱鎔基首相は中南海から出て、陳情者代表と会い、信仰の自由を認めるとともに、拘束されたメンバーを釈放するよう地方当局に指示したという。法輪功側は朱鎔基氏の対応を「共産党創立以来初の官民の間の平和な対話」と高く評価する。

対照的に法輪功の批判の矛先は江沢民氏に向かう。江氏は朱氏やほかの政治局常務委員の反対を押し切って法輪功の弾圧を主張したというのだ。６月に法輪功を摘発するための組織「６１０弁公室」が設けられ、７月から大掛かりなメンバーの拘束が始まったとされる。

香港の人権団体「中国人権民主化運動ニュースセンター」が当時発表したところでは、中国当局は7月19日深夜から20日にかけて、各地でメンバーの一斉摘発に乗り出し、少なくとも70人を逮捕した。その直後、中国政府は国営新華社通信を通じ、法輪功を違法集団として非合法化したことを公表した。逮捕されたメンバーは10月末までの３か月で３万５０００人余りに上った。非合法化１周年にあたり、中国各紙は「邪教組織『法輪功』との果断でたゆまぬ闘争」を呼びかたのである。

江沢民氏はなぜ、法輪功に対してこれほどの強硬姿勢を見せたのだろう。一つには、共産党は自らに対抗し得る組織が台頭することを極度に恐れているという事情がある。民意の裏付けなしに居座っている権力の座を脅かされることへの警戒感といってもいい。このため、少しでも組織化の動きがあれば、芽のうちにつぶしにかかるのが常だ。法輪功はしかし、わずか数年で全国に浸透し巨大化した。愛好者には多くの党員や知識人、労働者、農民、兵士ら広範な層が含まれ、それだけ国民の心をとらえたといえそうである。

もう一つは、天安門事件の悪夢が江沢民氏の脳裏をよぎったのではないか。法輪功メンバーが中南海で抗議を行った1か月後には天安門事件10周年が迫っていた。当時、中南海に隣接する天安門広場には多数の公安要員が配備されていたはずである。それにも関わらず、大規模抗議行動を許したことに衝撃を受けたであろう。

法輪功弾圧から2019年で20年になる。この間、メンバーたちは「江沢民を刑事裁判に」を合い言葉に全世界で江氏に対する刑事告発運動を展開してきた。法輪功人権救済弁護団によると、アジアでの署名者が2016年1月現在100万人を超えたという。内訳は台湾46万人、韓国38万人、日本6万人に上る。告発状は中国の最高人民検察院（最高検察庁）と最高人民法院（最高裁判所）に送られ、それぞれ38万人分、32万分が届いたとされる。法輪功弾圧は江沢民氏にとって、中国のみならず世界に対しても強権的な指導者としてのイメージを植え付け、大きな禍根を残す結果となった。

不吉の予感が的中した１９９９年となったが、国民にとって最も忌まわしい「９」の年といえば、１９８９年、民主化を求めて北京・天安門広場に集まった学生たちを軍事力で弾圧した天安門事件であろう。

事件では、学生たちに理解を示した当時の共産党総書記、趙紫陽が更迭された。鄧小平によって後任に抜てきされたのは、上海市共産党委員会書記の江沢民氏だった。

改革の負の遺産を解消するためには、やはり政治体制改革に踏み切らざるを得ないということになるが、その際、反革命暴乱と烙印を押された天安門事件の見直しは避けて通ることができない。それは事件の受益者たる江沢民氏にとって自らの地位の正統性を否定することにつながりかねず、到底、容認できることではなかったのである。

1 何清漣『中国の嘘　恐るべきメディア・コントロールの実態』

2 小島朋之『中国の政治社会』

3 鄧小平「中国最大危険還是〝左〟」（中国のもっとも大きな危険はやはり〝左〟である）

4 邦訳『「反日」からの脱却』など

5 遠藤誉『チャイナ・セブン　〈赤い皇帝〉習近平』

6 国分良成『中国政治からみた日中関係』

7 原文は「高挙鄧小平理論偉大旗幟、把建設有中国特色社会主義事業全面推向二十一世紀」

8 新聞とインターネットを媒体とするメディアグループ。ニューヨークに本部を置き、日本など31か国にグループ会社がある。「中国の真相報道」を掲げ、中国政府に批判的な報道が目立つ。英語名はエポック・タイムズ。

# 第7章　趙紫陽の影

## 2枚の写真

強権的な手法が目立った江沢民（こうたくみん）氏は、外国の要人と会う際に外国語をひけらかすなどパフォーマンスも派手で、国民の間では不人気だった。それは、国民の受けがよかった胡耀邦（こようほう）、趙紫陽（ちょうしよう）という改革派の指導者が2代続いた後だけによけい際立った。民主化を求める学生らを軍が弾圧した天安門事件を受け、失脚した趙紫陽の後釜に江氏が座る形となったことで、世論の逆風にさらされたという事情もあろう。趙紫陽が取り組もうとした政治体制改革は事件で頓挫し、改革・開放の行き詰まりが顕著になり始めていた。鄧小平（とうしょうへい）の負の遺産を乗り越えるためには、経済体制改革に加えて、政治体制改革に取り組むことが喫緊の課題となっていた。

中国語で政治体制改革という場合の「体制」と、それと比較される「制度」とは、日本の概念とは逆になるようで、「制度」の方がより重く、根本的なシステムを指すとされる。従って、中国の政治体制改革は、日本で言えば行政改革の意味合いに近いと考えられる。第13回党大会報告に「政治体制改革について」の1章が設けられているように、歴代の党大会報告では「体制」が使われている。在日の中国人研究者に聞くと、「制度があって体制が決まる」との答えが返ってきた。今の共産党統治下では「政治制度改革」は期待できないとも言う。中国的な体制改革であっても、議論が進むことを期待したい。

中国当局は、三権分立や多党制による政権交代といった西側の政治制度を導入する気はないと再三繰り返している。

アジアのいわゆる華人社会ではそれなりに政治改革が進んだ。シンガポールは人民行動党による事実上の一党独裁を堅持しつつ法治の徹底や情報公開を進め、世界から信頼される金融センターに成長した。かつては国民党の独裁体制が続いた台湾は１９８０年代に民主化を進め、初の総統直接選挙を行ってから20年余りがたつ。

世界に遍く共有される価値観を為政者の都合だけで拒み続けられるものではないのではないか。中国も早晩、政治改革に踏み切るときがくるだろう。そのとき、天安門事件の見直しという問題に直面せざるを得まい。

そんな思いを抱きながら、現役の特派員時代は天安門事件に絡む動きに注意を払ってきた。事件で「党を分裂させ、動乱を支持した」との理由で総書記の職務を解かれ失脚した趙紫陽の動向は、常に大きな関心事であり続けた。

しかし、事件は発生いらい今にいたるまで共産党にとってタブーとなっている。趙紫陽は私が北京に駐在していた当時、市内の自宅で軟禁状態に置かれ、外部との接触を制限されていた。繁華街、王府井（おうふせい）の西側を南北に通る路地、富強胡同（ふきょうこどう）にあった趙の自宅は北京飯店の北約１キロと、旧市街のど真ん中に位置し、たまに車で様子をうかがいに行ったが、警備が厳しく容易に近づけなかった。

北京駐在を始めた１９９６年夏は天安門事件から7年がたっていたが、事件への記憶は今ほど風化していたわけではない。趙紫陽は民主化を求める学生たちに理解を示しながら失脚したことで国民の同情を集め、高い関心をもって見られていた。その消息は、玉石混交の感はあったものの、香港情報を中心として断片的には入ってきた。その中に確度が高いと思われる情報源があった。

そのルートから軟禁中の趙紫陽を撮影した写真がもたらされた。

自宅でくつろぐ趙を撮ったその写真を見る限り、表情は穏やかで血色もよい。健在ぶりを示すものだった。ニュース性は高いと判断し、１９９６年10月29日付朝刊に「趙前総書記 健在」の見出しで写真と短い記事を掲載した。写真は96年の年明け前後に撮影されたもので、趙紫陽は週に2度、ゴルフかテニスをすることを許されていたという。年に1度は国内旅行もでき、この前年には浙江省を訪れていた。

趙紫陽が軟禁処分となって以降、近影はながらく出回っていなかった。記事は短いものだったが、香港各紙に転載され、欧米の通信社が写真の提供を求めてくるなど反響は大きかった。

それから1年8か月後の１９９８年6月下旬、再び趙紫陽の写真が自ら書いたとされる書簡とともに提供される。

その月の25日から、米国のクリントン大統領が中国訪問を予定していた。趙の書簡は天安門事件を見直すこと、つまり、民主化を求めた学生らの運動を共産党が「反革命暴乱」と真っ向から否定したことを改め、事件を再評価するよう求める内容で、大統領訪中に合わせて公表を準備していたとされる。

写真と書簡の要点は、クリントン大統領訪中前日の６月24日付朝刊というタイミングで掲載された。見出しは「〈天安門〉再評価求め公開書簡　趙紫陽前総書記　党中央に送付へ」だった。「六・四（天安門事件）の暗黒を抜け出し、新世紀の民主の曙光を迎えよう」と出した書簡は「米大統領の訪中によって中米間の十年来の対立は終わる。（天安門事件）解決の時期は熟した」と記され、米中関係の改善が中国の内政に与える影響に期待を示していた。また、「六・四の悲劇の解決は、米国を含むすべての西側諸国が関心を寄せる最大の人権問題である」として、その重大性を指摘していた。

## 安全局が本命視した記事

すでに触れたように、諜報機関の北京市国家安全局は98年9月下旬に着手した私に対する取り調べの中で、私が書いた4本の記事を取り上げ、その情報源を明らかにするよう追及してきた。4本の記事のうち、その時点で直近のものが、98年6月24日付の趙紫陽による天安門事件の再評価を求める公開書簡と趙の写真の記事で、事情聴取の3か月ほど前に掲載されていた。

北京市国家安全局は、国家機密を違法に入手あるいは所持したとして私を問い詰めていた。取り調べを受けながら、私は、安全局の真の狙いは、この記事ではないかと薄々感じていた。記事は趙紫陽が個人の立場から意見を述べたもので、無論、国家機密の範疇に入るものではない。

国家機密でも何でもない内容を書いた記事であれば、さすがの国家安全局も情報源を追及する名分を立てづらいであろう。このため、取り調べを行う表向きの理由として、国家機密の問題を利用しようとしたのではないか。情報源を知りたがったのは、すでに明白となっているその人物について、私の供述を「証拠」として特定し何らかの目的を達成しようとしているためではないかと思われた。

中国において「国家機密」に絡む容疑や罪状を探すことは、民主活動家ら政治犯を捜査する際の常套手段となっている。政府にとって好ましからざる人物を懲らしめるために、国家機密の取り扱いをめぐる過失を探し出そうとすれば、本来、この国では国家機密は何でもありの世界であるだけに一つぐらいは見つかるというわけである。

同じ趙紫陽の写真でも、もう1枚の96年に掲載された写真に関する記事は問題にされなかった。理由は不明だが、写真の存在そのものをニュースとして扱い、記事は、キャプション（写真説明）程度のごく短いものであったため、言いがかりをつけること自体が難しかったためではないかと察せられた。何より、趙のメッセージが入っていなかった。

趙紫陽の公開書簡の記事を北京市国家安全局が本命視していると感じたのは、江沢民政権下の当局が問題にするとすれば、天安門事件によって江沢民氏がトップの座に就いた政権の成り立ちからして、事件に関わる線が濃厚であろうという直感もあった。記事に添えた趙の写真は事件９周年にあたる１９９８年６月４日に撮影されたもので象徴的な意味合いが含まれていた。

押収された内部文書の類は機密に指定されているとはいっても、新聞記者から見てニュース性という点で大した内容が含まれているわけではなかった。政権にとって痛くもかゆくもない代物であろうと思われた。

こうしたことから、諜報機関を動かしたのは、趙紫陽、そして、天安門事件の影といえるようなものだったのではないかと考えた。北京の春と呼ばれた、つかの間の自由な空気が充ちた時期、趙周辺でも何らかの動きがあり、当局が危機感をもったのではあるまいか。

そんな見方をしてみたが、一方では、いったいこの記事のどこに、外国人記者に対して国家機密の取り扱い方の違法性をちらつかせながら、その出所を執拗に追及せねばならぬほどの重大性が含まれているのか解せない点もあり、疑問は残った。

## めしを食いたければ趙紫陽を探せ

1919年10月に河南省に生まれた趙紫陽は、当時78歳だった。天安門事件直後から続く自宅軟禁は10年目に入っていた。

趙は庶民の側にたった共産党指導者として知られる。1970年代後半から四川省で共産党トップの第1書記を務め、集団農業体制下で農民に余剰生産物の販売を認めた生産請負制などの改革に取り組み、食糧増産、農民の生活向上に成果を挙げた。同じ時期、安徽省第1書記として同様の施策を進め、後に全国人民代表大会常務委員長（国会議長）となる万里(ばんり)とともに、「米が食いたければ万里を探せ、めしが食いたければ趙紫陽を探せ」と言われ、幅広い支持を集めたのは有名な話である。

その絶頂期は党のトップとして主宰した１９８７年10月の第13回党大会であったろう。すでに見たようにこの党大会で社会主義を柔軟に解釈する「社会主義初級段階論」が初めて提起され、改革を加速する方針が決まった。特に、党と政府を分離する「党政分離」などの政治体制改革に取り組む姿勢を見せて注目を集めた。

13回党大会報告の政治改革に関する部分は約７８００華字と、これに次ぐ分量を費やした16回党大会報告の約３５００華字の倍以上もあり、分量でも他を圧倒している。その内容を見ると、「前文」にあたる一節で、「政治体制改革を進めなければ、経済体制改革が最終的に成功を収めることはできない」と明確に述べ、「我々は最終的に経済面で発展した資本主義国に追いつき、政治面でこれら諸国より高度で適切な民主を作り出さなければならない」と、政治面の民主化の必要性を明言している。今の共産党の公式文書ではなかなかお目にかかれない新鮮さがある。

具体的内容となると、党と政府の権限分離、下部機関への権力委譲、機構改革、法整備の徹底など行政改革といった内容であるが、政治改革は「短期的には限界があり、長期目標をじっくり実現していく」と時間をかけた改革方針を示す。当時としては、これが党内の了承を取り付けるぎりぎりのところだったのではないかと思われる。ただ、前段でみたように、政治改革にかける意気込みという点では大胆さがうかがえるのである。

第13回党大会から天安門事件を挟んだ第14回党大会以降の報告も「政治体制改革」に一章を割い

てはいるが、13回党大会報告の内容と比べると、大きく後退している。

私が取材した江沢民氏による第15回党大会報告は冒頭の段落で、「我が国の経済体制改革が深化し、社会主義近代化建設が世紀をまたいで発展するためには、『四つの基本原則』を堅持するという前提のもとで、引き続き政治体制改革を推進することが求められている」として、「四つの基本原則」の堅持をうたった。これは、「社会主義の道」「人民民主主義独裁」「共産党の指導」「マルクス・レーニン主義、毛沢東思想」を堅持することを指す。つまり、社会主義が重視する保守的な原則を政治改革より優先させたのである。合わせて、「西側の政治制度のモデルに倣わない」と欧米型の民主主義を否定した。

「四つの基本原則」堅持と西側モデルの否定は、14回党大会以降の報告では申し合わせたように冒頭部分に置かれるのが慣例となった。これらは13回党大会報告にもあるにはあるが、政治改革の必要性を訴えた後に申し訳程度に言及されている。明らかに党内保守派に配慮した気配が読み取れるのである。

習近平氏の最初の報告となった第19回党大会報告の政治改革に関する部分は約2400字と、13回大会以降では14回大会の約1100字に次いで短く、報告全体が膨大な割に分量は少ない。

胡錦濤氏が行った前2回の報告では政治改革関連部分の冒頭に「政治体制改革は我が国の全面的な改革の重要な構成部分である。引き続き、積極的かつ穏当に政治体制改革を推進しなければならない」とあったが、19回大会報告では前半の一文が姿を消した。また、六つに分かれた項目の最初に「党の指導、人民が国家の主人、法に基づく統治の有機的統一」が置かれている。全体として政治改革に向けた姿勢が後退し、共産党の指導が強調されている印象を受ける。

最近の党大会報告で言及された政治改革の内容を見比べると、保守的姿勢が目立った江沢民時代から胡錦濤時代はやや改革色が持ち直したが、習近平時代には再び逆戻りした感がある。

中国の共産党大会が外国の報道陣に公開されたのは、趙紫陽の第13回大会が初めてである。中国の最高指導者が一同に勢ぞろいする姿を直接見ることができる数少ない機会とあって、会場の北京・人民大会堂には３００人以上もの外国人記者がかけつけたという。[1]

党大会閉幕直後の第13期中央委員会第1回総会（13期1中総会）で最高指導部の政治局常務委員に選出された趙紫陽、李鵬、喬石、胡啓立、姚依林の5氏は、当時としては珍しいスーツにネクタイ姿でそろって記者会見に臨み、話題になった。

党機関紙の人民日報が運営するウェブサイト「中国共産党新聞網」は歴代党大会の情報を公開しているが、大会閉幕後の記者会見の記事を載せているのは第13回大会のみである。それだけ「開かれた党」が演出されたのだろう。

「趙紫陽総書記、内外記者からの質問に答える」と題する「中国共産党新聞網」の記事は、質問回数が37回に上り、大半が外国人記者からだったと伝える。

日本人記者の質問もいくつかある。その一つはこんな具合だ。

日本人記者「私的な問題をお聞きしたい。あなたが着ているダブルのスーツはとても素敵だが、国内製ですか、外国製ですか」

趙「私の服はすべて国内製ですよ。あなたに特別に記事を1本書いてもらいたいね。私の服はみな国内製で、その上、とてもきれいに仕立てられていると。そうすれば中国のアパレルをあなた方の国に輸出することにつなげられる。ほら、李鵬、胡啓立同志のスーツも中国製で、いずれもたいへんしゃれている」

党内の自由な雰囲気が伝わってくるようだ。記者会見が開かれた人民大会堂の前に広がる天安門広場で悲劇（天安門事件）が起きるのは、この1年8か月後のことである。

## 軟禁中の談話

天安門事件の後に趙紫陽の置かれた状況は一般的に「軟禁」とされている。だが、監視下にありながらも、客を招いたり、外出したりできる自由は認められていた。

断片情報をもとに当時私が書いた記事を読み返すと、1997年10月下旬、「軟禁」が解除され、ゴルフに出かけたり、知人を自宅に招いたりすることが可能となったとある。江沢民氏の訪米直前のことで、米国の人権問題に対する圧力をかわす狙いと考えられた(2)。

一転して、98年1月下旬からの春節（旧正月）期間中、北京を離れることを禁止されている。趙紫陽は春節を比較的暖かい中国南部で過ごすのを慣例としていたが、この時期、北京にとどまるのは8年ぶりだった。趙は前年の第15回党大会の際にも天安門事件の評価見直しを求める公開書簡を出しており、そのために監視が強化されたと憶測された(3)。

果たして、軟禁中の趙紫陽はいかなる状況にあったのだろう。その全貌をうかがい知ることはできなかったが、2005年1月の趙の死後、当人の発言を収めた書籍が香港などで出版され、当時の様子が徐々に明らかになってきた。

中でも圧巻は、2007年に出た『趙紫陽 軟禁中的談話（軟禁中の談話）』（香港・開放出版社）

（邦訳は『趙紫陽　中国共産党への遺言と「軟禁」15年余』）だろう。趙紫陽の旧友で著者の宗鳳鳴氏が気功師と偽って趙宅に出入りし、１９９１年から２００４年までの14年間におよぶ趙紫陽の生の声を伝えている。

私が北京に駐在した当時の情報源Ｂ氏は、趙紫陽と自宅で何度か接触したと語っていたが、そのことが本書の記述によって裏付けられた。この書物に信を置く根拠のひとつである。

『趙紫陽極秘回想録』（２０１０年）は、趙が軟禁中、監視の目を避けてカセットテープに録音していた回想録を活字に起こしたものである。録音されたのは60分のカセットテープ30本分に上る。孫たちのおもちゃ箱などに目印をつけて隠していたものが、後に友人らを介して海外に持ち出されたという。最初、英語版が出版され、中国語に翻訳された。邦訳は英語版にもとづく。

天安門事件前後、指導部内で繰り広げられた生々しい権力争いも描かれるが、大筋はこれまでに流出している内容に沿うものである。軟禁中の状況についても、しばしば南方に出向いたり、ゴルフに行ったりと、私が北京時代に耳にしていた行動と重なる。趙に対する30項目におよぶ調査書が存在したことなど当局の反応についての具体的な記述もある。

## 伏線となった趙書簡

この2冊の書籍を通して、北京市国家安全局による私の取り調べが、天安門事件と趙紫陽の動向に関わっていたのではないかという当初の見立ては、ほぼ確信に近いものになった。

北京市国家安全局が、私の書いた記事のうち、1998年6月の趙紫陽の公開書簡に関する記事を本命視していたと推測したが、それには伏線があったのである。

鍵となったのは、趙紫陽が第15回共産党大会の開幕日に合わせ、1997年9月12日付で政治局常務委員らに送った天安門事件の見直しを求めるもう一通の書簡だった。

先の記事でこの書簡に触れたが、趙が書簡を送った時点では、わが北京支局は情報をつかめず、香港紙の報道で知り、その記事を転載した。

この時の趙の書簡は、当局が学生らの民主化要求運動を「反革命暴乱」と規定したことに対し、その証拠はなかったこと、軍を動員して運動を鎮圧したのは誤りだったこと――の2点を指摘し事件を再評価するよう求めた。

3日後の9月15日、香港紙「蘋果（ひんか）（＝りんご）日報」が書簡の全文を掲載し、世界に事実が公表されることになる。なお、この時点で、第15回党大会のスポークスマンを務めた徐光春・党中央宣伝部副部長は書簡について質問され「そのような文書は見ていない」などととぼけていた。

　この書簡が天安門事件の受益者たる江沢民氏の逆鱗に触れたことは想像に難くない。１９９７年の第15回党大会は、同年7月の香港返還とともに、この年の2大イベントと位置づけられ大々的に宣伝された、江沢民氏にとっての檜舞台である。香港返還を無事に乗り切った江氏は、残る党大会の初日を晴れ晴れとした気分で迎えたであろう。その途端、自らに権力が転がり込む契機となった天安門事件という触れられたくないことがらを蒸し返された格好になったわけである。

　これがきっかけとなって、趙紫陽に対する監視が強まる。党中央弁公庁は軟禁直後から、趙に対し、外国人と報道関係者を家に入れてはいけない、外出する際は警護官をつける、外国人経営のゴルフ場には行かないことが望ましい――など6項目の規則を決めていたが、この書簡事件以降、客との面会もゴルフのための外出もできなくなった。規則の内容は、当局が外国や報道関係者の動きに神経をとがらせていることをうかがわせる。

『回想録』は「一九九七年年十月から一九九九年十二月までは、当初の六か条の規則は緩和されず、それどころか、さらに厳しい規則が加わって、来客と会うことも、家を離れることも認められなくなり、その状態が二年以上も続いた」と記している。

　私が当時記事にした、１９９８年の春節期間中に趙紫陽が北京を離れることを禁止されたのは、まさしくこの党大会に合わせた公開書簡のためだったのである。

また、その前年10月下旬の江沢民氏の訪米前、一時的に「軟禁解除」と伝わったが、『回想録』によれば、趙紫陽の主治医が唐突に「一日中家に閉じこもっているのは良くない」などと声をかけ、状況が改善するよう関係部署と交渉してもよいともちかけてきたとある。米国に対して趙紫陽への寛大な処置を見せるためだったと思われるが、趙自身も主治医の態度が変わった背景に江氏の訪米があるとの見方を示している。

『談話』の著者・宗鳳鳴氏は、各章の冒頭に趙紫陽の自宅を訪れた日付を記しているが、15回党大会に向けた書簡について書かれるのは「１９９７年9月11日」の章で、その次の章は「１９９８年5月27日」と８か月以上ものブランクがある。この間、宗氏が趙宅を訪れることは不可能になったとみられ、趙紫陽が書簡事件をきっかけとして、いかに孤立した状態に置かれるようになったかをうかがわせる。

## 犯人捜し

こうした趙紫陽への監視強化と合わせて、書簡を香港に流した犯人捜しが始まる。書簡は共産党の日常業務を差配する党中央弁公庁を通じて9人に送られた。第15回党大会開幕時点での政治局常務委員であった江沢民（総書記）、李鵬（首相）、喬石（全人代常務委員長）、李瑞環（政治協商会議主席）、朱鎔基（副首相）、劉華清（中央軍事委員会副主席）、胡錦濤（書記局書記）の7人と天安門事件当時要職にあった楊尚昆（元中央軍事委員会副主席）、万里（元全人代常務委員長）の2人である。

さらに、趙紫陽の依頼を受け、『談話』の著者・宗鳳鳴氏から党大会に参加予定だった李鋭（元毛沢東秘書・党中央組織部副部長）、于光遠（経済学者）の両氏に手渡されたほか、書簡について宗氏に問い合わせてきた張広友氏（元農民日報編集長）にも渡された。いずれにしろ、書簡を見たのは限られた人数で、趙紫陽は書簡が拡散しないよう注意を払っていたのである。

『談話』の「原注」によれば、書簡は「北京の友人」によって、香港の月刊誌『開放』編集者に届けられ、さらに、『開放』からロイター通信、「蘋果日報」にファクスで送られたという。こうして、外部への第1報は、97年9月15日付「蘋果日報」になったわけだ。同時にロイターが配信したことで情報の拡散は世界的な規模になった。

書簡の日付については、第15回党大会初日の「9月12日」とされ、『回想録』も「蘋果日報」も同じだが、なぜか『談話』は「9月13日」としており、1日のずれがある。党大会に合わせたのなら開幕日の「12日」とするのが自然で、誤記ではないかと思われる。

ところで、この「原注」は唐突な感じを与える。「北京の友人」が突然登場するが、趙紫陽がどこまで関与していたのかは明らかにされていない。

むしろ、趙が関与しないところで、趙支持グループから香港サイドに情報提供されたのではないだろうか。著者である宗氏はもちろんそのことを知っていて、さりげなく既知のこととして「原注」を付した印象である。

当局は「北京の友人」探しに躍起になった模様だ。書簡が送られた直後、党中央弁公庁から趙紫陽のもとに人が来て、「規則違反、情勢全般への配慮を欠く」と批判した。中央弁公庁から送られた人間は、党大会初日にこのような書簡を出すのはもってのほかと声を荒げたのだろう。書簡を見た江沢民氏は公表を許したことで癇癪を起さんばかりに部下をしかりとばしたかもしれない。

趙の言葉を借りれば、「（当局は）どこから書簡の件が漏れたのか査問しただけでなく、ここ（趙紫陽宅）に駐在する者まで全員入れ替えようと考えている。立派にやりとげていた若い家政婦さえ、追い出されてしまった」[4]となる。お手伝いさんまでとばっちりを受けるはめになるとは、よほど徹底的な洗い出しが行われたようだ。

この種の情報が常務委員周辺から漏れるとは考えにくい。とすれば、宗鳳鳴、李鋭、于光遠、張広友氏らの線だったのだろうか。それぞれのネットワークを考えれば、関係者はある程度の範囲に広がるだろう。『談話』翻訳本の「主な登場・言及人物」一覧には六十数人が収録されているが、その中には、当時、趙と接触があった人間が少なからずいる。共産党政権の過剰ともいえる反応は、こうした趙紫陽人脈の動きを警戒していたことの表れであろう。

真相は明らかではないが、趙紫陽宅に出入りしていた情報源B氏は、こうしたネットワークの内側、それもかなり近いところにいた疑いがもたれ、「北京の友人」候補の一人として捜査線上に上ったものと考えられる。

書簡の件で趙紫陽宅に近づけなくなった宗鳳鳴氏が再び趙宅を訪問するのは1998年5月27日だが、クリントン大統領訪中を控え、当局がまたもや趙に対する監視を緩めた証拠だろう。ところが、1か月も経たない6月24日、私が関連した趙のもう一通の書簡が表沙汰になる。この偶然の間の悪さが当局のその後の対応を厳しいものにした可能性がある。

## 趙紫陽 vs 江沢民

天安門事件を受けて、趙紫陽が総書記、政治局常務委員、中央軍事委員会第１副主席の共産党内のすべての職務を解かれ、ひらの党員となるのは、事件20日後の１９８９年６月23～24日に北京で開かれた党第13期中央委員会第４回総会（13期４中総会）の決定を受けてのことである。

４中総会では、趙が「党と国家存亡の危機に際し、動乱を支持し、党を分裂させる誤りを犯した」とする「趙紫陽同志が犯した誤りに関する報告」が承認された。報告を行ったのは保守派の李鵬首相である。趙氏の後任の党総書記には、上海市党委書記の江沢民氏に白羽の矢が立った。

こうした経緯もあり、江沢民氏と趙紫陽の関係は微妙だった。李鵬氏も事件をめぐって趙紫陽を批判する側に立ったことが明らかになっている。趙周辺でも、「彼ら（江沢民、李鵬）は趙紫陽が、自分たちの権力を脅かす存在だと思っている。なぜなら、彼らは〈６・４〉（天安門事件）の受益者だからだ」（『談話』）と見ていた。

それから８年後の第15回党大会に合わせた趙紫陽の書簡をめぐっても江、趙両氏の因縁が事態を複雑化させたように見える。

趙にしてみれば、党の対応は、党大会に対して意見を述べることができる「党員の権利をはく奪するもので党規約違反」となる。実際、趙は党規約違反、憲法違反として党に申し立てを行ったと、友人の宗鳳鳴氏に明かしている。それに対する江氏の反応は、「『あなたがまいた種ではないか』と怒りの声を上げた」だった。趙紫陽への敵対心を感じさせる発言である。

『回想録』には、江沢民氏にあてた趙紫陽の書簡が掲載されている。その中で趙は、党大会への議案提出は「党員として通常の権利行使であり、党規約にも憲法にも違反していない」と『談話』と同様の主張を述べ、自宅軟禁の解除を求めた。返事はなかったが、党中央弁公庁から趙の秘書に電話があり、①（趙紫陽の置かれた状況は）自宅軟禁ではない②自分で招いたこと——の2点を伝えてきたという。まともに相手にせずとでもいうような突き放し方だ。

そもそも趙紫陽と江沢民氏では、自由や言論に対するスタンスが大きく異なっていたことを示すエピソードがある。

上海の週刊紙「世界経済導報」(5)はリベラルな報道ぶりで人気を集めた。天安門事件のきっかけとなる1989年4月15日の胡耀邦元総書記の死去を受け、胡を追悼する座談会を企画し、特集号を発行する。その直後、上海市共産党委員会から発禁処分を受けた。処分を下した責任者は市党委トップの書記、江沢民氏だった。

趙紫陽は事件後に軟禁されていた際、訪問者に「世界経済導報」について聞かれ、「好きでよく読んでいた」と評価するとともに、発禁処分直後の思い出を語っている。
まだ党総書記として健在だった趙のもとに、江沢民・上海市書記、江氏側近の曾慶紅（そうけいこう）・市副書記（後の国家副主席）が「世界経済導報」に下した処分について意見を聞きに来た。趙紫陽はこう告げたという。「あなたたちはヘマをした。なぜ、休刊させる必要がある」

私が情報源のＢ氏を知ったのは、「世界経済導報」問題で趙紫陽が江沢民氏をたしなめた１年半ほど後、上海特派員だった１９９１年初め頃だった。Ｂ氏と同じ大学の出身で、「世界経済導報」元記者Ｗ氏の紹介だった。Ｗ氏は同紙発禁の原因となった胡耀邦（こようほう）追悼特集作りに携わった中心メンバーの一人で、私が出会った頃は拘束から解放された直後で失業中だった。

Ｂ氏とＷ氏は、出身大学が同じで共に上海を拠点としていたことに加え、胡耀邦や後任の趙紫陽ら改革派を支持するという点で立場は共通していた。

私はその後、上海から香港に異動となり、いったん日本に帰任した後、１９９６年夏に北京支局（のちの中国総局）勤務となった。ほどなく、上海時代の友人からＢ氏が北京の新聞社に勤めていることを聞き、交流が再開した。一方のＷ氏は私と同時期に上海を離れ、米国に渡っていた。事実上の亡命といえた。

## 江沢民に対する評価

趙紫陽と江沢民氏のやりとりを見れば、趙が軟禁中、共産党を率いた江氏をどう評価していたか想像がつく。

江沢民氏はスローガンの名人で、さまざまな標語を駆使した。もっとも、共産党の指導者はおおむねその傾向が強い。これは明快な音節構造をもつ中国語の特質にもよるのだろう。

当方が北京に駐在した1990年代中頃にはやっていた江沢民氏のスローガンに「三講」がある。スローガンには数字がつくことが多い。中国語の「講」には「講義する」「話す」といった意味のほか、「重視する、重んじる」の意味があり、この場合、「三つのことを重んじる」となる。三つとは、学習、政治、正気（正しい気風）である。

「三講」は、1996年10月の第14期中央委員会第6回総会（14期6中総会）で採択された「共産党中央の社会主義精神文明の建設を強化する若干の重要な問題に関する決議」に取り入れられ、党の中堅幹部がこれら三つを重んじることを党風教育の主要な内容とするとされた。

決議名からして、保守的なにおいが漂ってくるようであるが、趙紫陽は「三講」について、党中央との政治的な一体感を浸透させることで、「（江氏）自らを『核心』として個人的権威を確立することが狙い」との見方を示している。その後、この「核心」の比重は重みを増し、公式文書でも「江沢民同志を核心とする党の第三代中央指導集団」と奉られることになる。

対照的に江沢民政権下では、趙紫陽が第13回党大会で目指した政治体制改革は後退した。趙はこの点について失望感を隠さないが、さすがに現職の党トップに対し自らのことばで直截に語ることははばかられたのか、安子文（あんしぶん）・元国家経済体制改革委員会副主任の「政治制度の転換、民主政治の実現において、江沢民には何も期待できない」との評価を訪問者に語っている。

もう一つのスローガン「三つの代表」（三個代表）は、当方が北京を離れた後の２０００年代初めに提起された。共産党が中国の①先進的な生産力の発展要求②先進的な文化の前進方向③最も広範な人民の根本的利益――の三つを代表するとするものである。

「三つの代表」は２００２年の第16回党大会で、マルクス・レーニン主義、毛沢東思想、鄧小平理論と並ぶ重要思想として党規約に盛り込まれた。さらに、２００４年３月の第10期全国人民代表大会第２回会議で憲法を改正し序文に取り入れられる。

市場経済化の進展により、私有経済の発展や企業家の増加など社会の多様化が進む中、労働者階級の党だった共産党を「広範な人民の根本的利益」を代表すると規定し直すことで、かつては敵対した資本家らも含めた全国民の党へと生まれ変わることを宣言したものととらえることができる。だとすれば、共産党以外の広範な層の利益も配慮される必要があろう。そもそも共産党は選挙を経て選ばれていない。何をもって「代表」と認めさせるのかという問題もある。

趙は「三つの代表」について、「ねらいは、共産党の合法性を揺るぎないものにするためといったところだろう」と語る。行間から読み取れるのは、言行不一致への失望である。

## 取り調べのタイミング

趙紫陽が第15回党大会に合わせて党に出した書簡の内容が外部に知れ渡るようになる第1報は、すでに触れたように1997年9月15日付の香港紙「蘋果日報」の報道だった。これが江沢民氏の怒りを招き、書簡を漏らした犯人捜しが始まる。江氏にとって、1997年は内政固めの重要な年と位置付けられていた。その二大イベントが7月の香港返還と9月の第15回党大会だったのである。ただ、党大会の後、米中首脳相互訪問という重要外交日程が控えており、その前に趙紫陽問題で米側の感情を害する行動は控えたかったのであろう。趙紫陽の存在は米国にとっても民主化の象徴として大きかったはずである。江沢民氏自身もそのことを認識していたからだろう。書簡問題の対応はあくまで水面下にとどめていた。

対米関係構築を重視した江沢民氏が米国を訪問するのは、趙紫陽書簡が公になった翌月の

１９９７年10月末から11月初めにかけてのことだった。江沢民氏が第一歩を記したのはハワイで、このとき日本の真珠湾攻撃で撃沈された戦艦アリゾナの記念館を訪れて慰霊碑に献花し、愛国主義教育の旗振り役として日本をけん制することも忘れなかった。クリントン米大統領との首脳会談が行われたホワイトハウス前の公園では、人権団体のメンバー約５０００人が集まり、「中国はチベットから出て行け」などと書いたプラカードを掲げ中国の人権抑圧を非難した。

江氏訪米を受けて、クリントン米大統領が翌１９９８年6月に訪中する。

天安門事件で世界の非難を浴びた中国にとって、対米修復は国際社会との関係を好転させるうえで大きな意味を持った。

米国は中国の人権問題について改善を求めていた。中国は米国に配慮する形で、江沢民訪米後とクリントン訪中前というタイミングを見計らって、70年代後半の民主化運動「北京の春」の象徴的人物だった魏京生氏と天安門事件の学生リーダーの1人だった王丹氏をそれぞれ釈放したのである。

ところが、クリントン米大統領訪中を直前に控えた１９９８年6月、予期せぬ出来事が起きる。

私が書いた趙紫陽のもう一つの公開書簡に関する記事が出たのである。これによって江沢民氏の怒りは一気に増幅し、米中首脳会談が終了したことを受けて、犯人捜しが本格化する。その結果、当局は情報源B氏に対する嫌疑を一段と強めるとともに、私も取り調べの対象になったというのが当方の見立てである。B氏拘束が香港紙報道によって明らかになるのはクリントン訪中から2か月後の9月5日のことだった。私が北京市国家安全局に連行されたのはその20日余り後である。

## 趙書簡の真偽

ところで、趙紫陽が軟禁中に書いたとされる公開書簡は3通存在する。

①1997年9月の第15回党大会の開幕日に指導部に送った書簡
②1998年3月の第9期全国人民代表大会（国会）第1回会議に合わせて出した書簡
③1998年6月のクリントン米大統領訪中直前に公開した書簡

の3通である。これら3通の書簡の真偽はどうだったのだろう。

このうち、1通目の第15回党大会開幕日に送った書簡は、趙紫陽が『軟禁中の談話』の中で書簡の中身やあて先について詳しく触れている。江沢民総書記を激怒させる契機となったものであり、本物とみて間違いないだろう。

2通目の全国人民代表大会に合わせて出されたとされる書簡は、国有企業改革や所有制の問題など改革の処方箋について述べたものとされる。

『軟禁中の談話』によれば、この書簡のコピーを読んだ趙紫陽の元秘書の鮑彤（ほうとう）氏は本物だと太鼓判を押したという。しかし、趙は「偽物だ」とあっさり否定しており、本人の結論が下された形となった。鮑氏は、第13回党大会報告など趙紫陽が行った数々の報告や演説の起草に携わった人物である。この書簡が偽物であり、それを鮑氏が見抜けなかったとすれば、書き手は相当の筆力ということになる。

残る１通、私が記事にしたクリントン米大統領の訪中直前の公開書簡については、『談話』にも『回想録』にも言及はなく、真偽は不明である。同様の書簡を前年に書いて指導部の怒りを買い、その結果、監視も強まっていたことを考えると、そういう敏感な時期に同じ行為を繰り返すということは考えにくいとの見方もできる。ただ、私の帰国後、Ｂ氏周辺からもたらされた情報によると、私が記事にしたのは「草稿」段階のものであり、正式な公開書簡は後に党中央に届けられたというが、確認はされていない。

真偽はともかく、私が書いた記事には、この年の天安門事件の記念日に撮影された趙の写真がついていた。こちらは紛れもなく本物であり、当局を刺激する結果になったことは確かだろう。

天安門事件が中国共産党の存亡を左右しかねない重要な意味をもつ出来事の一つであることは今日も同様である。２０１９年は事件から30年の節目の年を迎える。改めて事件がクローズアップされるとともに、共産党は例年にも増して神経をとがらせることになろう。

## 国際人権規約署名と言論統制

かねがねいぶかしく思っていることがある。海外でも中国の言論統制の緩和に期待が高まった2度目の「北京の春」の影響かどうか、中国当局はこの時期、国際人権規約への署名作業を具体化させる。経済・社会・文化的権利を規定したA規約には１９９７年10月に署名し、市民・政治的権利を規定したB規約には98年10月５日に署名した。

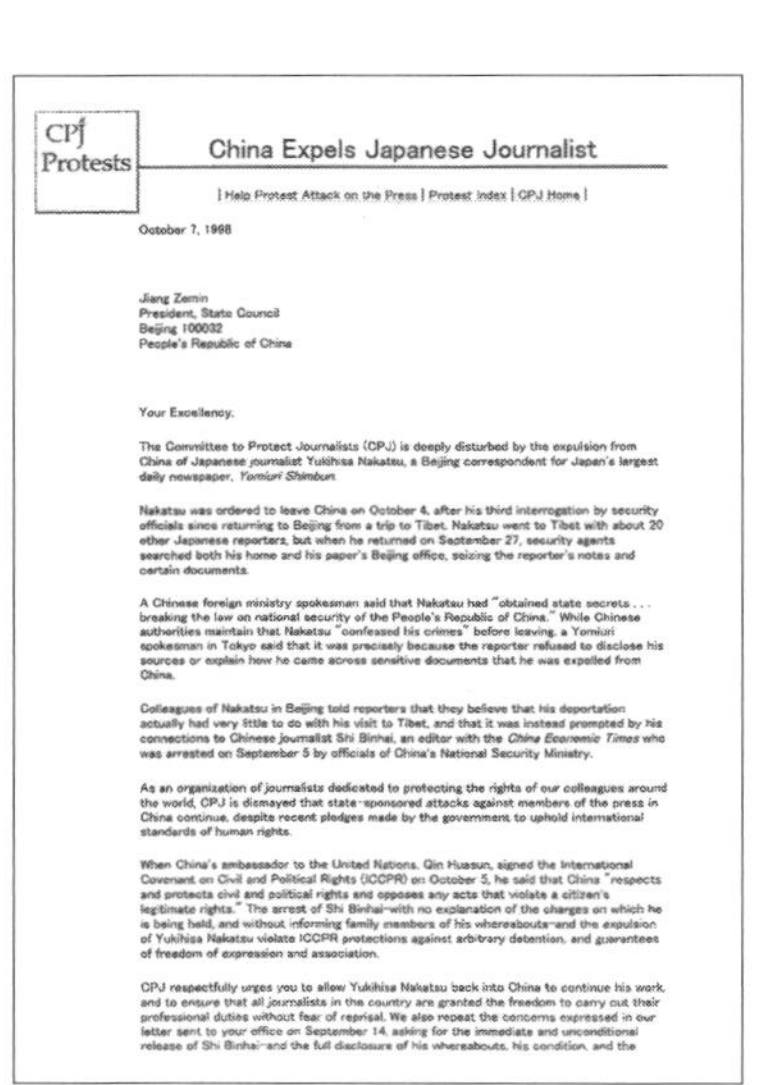

CPJ Protests

China Expels Japanese Journalist

| Help Protest Attack on the Press | Protest Index | CPJ Home |

October 7, 1998

Jiang Zemin
President, State Council
Beijing 100032
People's Republic of China

Your Excellency,

The Committee to Protect Journalists (CPJ) is deeply disturbed by the expulsion from China of Japanese journalist Yukihisa Nakatsu, a Beijing correspondent for Japan's largest daily newspaper, *Yomiuri Shimbun*.

Nakatsu was ordered to leave China on October 4, after his third interrogation by security officials since returning to Beijing from a trip to Tibet. Nakatsu went to Tibet with about 20 other Japanese reporters, but when he returned on September 27, security agents searched both his home and his paper's Beijing office, seizing the reporter's notes and certain documents.

A Chinese foreign ministry spokesman said that Nakatsu had "obtained state secrets . . . breaking the law on national security of the People's Republic of China." While Chinese authorities maintain that Nakatsu "confessed his crimes" before leaving, a Yomiuri spokesman in Tokyo said that it was precisely because the reporter refused to disclose his sources or explain how he came across sensitive documents that he was expelled from China.

Colleagues of Nakatsu in Beijing told reporters that they believe that his deportation actually had very little to do with his visit to Tibet, and that it was instead prompted by his connections to Chinese journalist Shi Binhai, an editor with the *China Economic Times* who was arrested on September 5 by officials of China's National Security Ministry.

As an organization of journalists dedicated to protecting the rights of our colleagues around the world, CPJ is dismayed that state-sponsored attacks against members of the press in China continue, despite recent pledges made by the government to uphold international standards of human rights.

When China's ambassador to the United Nations, Qin Huasun, signed the International Covenant on Civil and Political Rights (ICCPR) on October 5, he said that China "respects and protects civil and political rights and opposes any acts that violate a citizen's legitimate rights." The arrest of Shi Binhai–with no explanation of the charges on which he is being held, and without informing family members of his whereabouts–and the expulsion of Yukihisa Nakatsu violate ICCPR protections against arbitrary detention, and guarantees of freedom of expression and association.

CPJ respectfully urges you to allow Yukihisa Nakatsu back into China to continue his work, and to ensure that all journalists in the country are granted the freedom to carry out their professional duties without fear of reprisal. We also repeat the concerns expressed in our letter sent to your office on September 14, asking for the immediate and unconditional release of Shi Binhai–and the full disclosure of his whereabouts, his condition, and the

ジャーナリスト保護委員会（ＣＰＪ）が
筆者に対する国外退去処分の撤回を求めて
江沢民氏に出した９８年１０月７日付抗議文

民主や言論の問題と関係するB規約に署名した10月５日は、筆者が中国当局から国外退去処分を宣告された日の翌日に当たる。B規約は批准すれば、独立した組織であるB規約人権委員会から国内の人権状況の監視を受けることになる。

当局はこの時期、相変わらず、初の野党として設立申請準備をしていた中国民主党関係者をはじめ、民主活動家の摘発を続けている。国内では異論を封じつつ、外に向けては、国際的な人権基準を受け入れる姿勢を見せていたことになる。なお、中国はA規約を２００１年３月に批准したが、B規約はいまだ批准していない。

さらに言えば、国際人権B規約に署名した翌月、すでに触れたように、北京に駐在するドイツの週刊紙記者も国外退去処分になっている。国際的なイメージの悪化ということを考えなかったのであろうか。

中国が外国人記者を追放したことに対する国際的な反響としては、ジャーナリストの権利保護や世界各国の言論弾圧を監視する非営利団体「ジャーナリスト保護委員会」（CPJ、本部・ニューヨーク）が98年10月7日、「China Expels Japanese Journalist」（中国が日本人記者追放）のタイトルをつけ、私の名を挙げて国外退去処分の撤回を求める江沢民氏あての抗議文を出した。この中で、国際人権B規約への署名に際して中国が示した人権保護の姿勢と国内の人権状況の乖離が問題視されたのである。

一方、対日関係では、江沢民氏（国家主席）の訪日が98年11月25から予定されていた。中国史上初めての国家元首による日本訪問という歴史的な外交イベントが国外退去処分の1か月余り後に迫っていたのである。一記者の退去処分など大局に関係のない些事にすぎないと言ってしまえばそれまでだが、国際人権規約への署名との整合性と合わせ、共産党政権の行動パターンには理解し難いものがあると言わざるを得ない。

とはいえ、中国が国際人権規約に署名したことは、言論の自由をめぐる問題を考える場合、西欧的な言論の自由を完全に排除するものではなく、「『中国的』言論の自由の『普遍性』指向を示す兆候として注目される」との見方もある。(6) 署名したこと自体、普遍的な価値にも一定の評価を示しているということであり、中国の言行不一致の理解しがたさの背後にいかなる論理が隠されているのか検証する必要を感じるとともに、国際人権規約をめぐる今後の動きが注目される。

## 「情報源」は無罪放免

中国の進歩派と呼ばれる人々の中にも、この種の矛盾を感じながら、国際人権規約への署名を一定の前進として評価する声がある。再度、趙紫陽の『軟禁中の談話』の助けを借りると、胡耀邦時代に党中央宣伝部長を務めた朱厚沢は、中国当局が国際人権規約に署名しておきながら、結社や言論の自由を禁じ、民主党関係者を容赦なく逮捕していることについて、「指導層の政策路線は支離滅裂」としつつも、次のように肯定的にとらえる発言をしている。

（当局が）かつては人権の普遍性という原則を認めず、人権とは生存権で、発展権であると強調するだけだったのに比べれば、一定の進歩である。市民的権利・政治的権利を勝ち取ろうとする民主運動に合法性がもたらされた。

「言論の自由の普遍性志向」に注目する見方に通じるものがある。

ともあれ、表面上は支離滅裂としか見えない政策のもとで、趙紫陽が党に充てた書簡を香港に流した犯人捜しが続けられた。情報源Ｂ氏は9月5日に北京市国家安全局に逮捕されるが、その理由については家族にも明かされないまま拘束され続けるという異例の展開をたどった。それだけ、当局すなわち江沢民氏がこの事案を特別視していたことがわかる。中国で政治犯が拘束された場合、通常は容疑に関する何らかの情報が断片的にでも香港筋あたりから漏れるものだが、Ｂ氏についての消息は一切途絶えた。水をも漏らさぬ完璧な情報封鎖が敷かれたのである。

ところが、当局が本腰を入れて捜査に当たったこの事案の幕切れは呆気ないものだった。Ｂ氏は拘束が6か月と20日におよんだ後、１９９９年3月26日、突然釈放された。何ら罪に問われない無罪放免だった。釈放の一報は数日後に北京の同僚から東京本社にいた私のもとにもたらされ、胸をなでおろした。ただ、当局は面子（めんつ）にこだわったのか、Ｂ氏が北京にとどまることを許さず、出身地の上海に居住することを命じた。後にこの根拠のない居住制限は解除される。

結局、当局は何を恐れたのであろうか。北京市国家安全局はB氏に対する取り調べの中で、B氏と趙紫陽の関係、さらに趙紫陽の人脈について追及したという。それ以外のことはわからない。当局も手の内を明かさないよう慎重に事情聴取を進めたものと思われる。追及の内容から考えて、想像したように、当局は趙紫陽を取り巻くネットワークに関心をもったのは間違いないだろう。天安門事件に絡み、評価の見直しなどを求める何らかの兆候があったのではないか。国家安全部門が1通目の趙書簡を捜査中、意図されてか、あるいは偶然か、絶好のタイミングで2通目の趙書簡が介在してきたことで、当局は色めきたったのではないか。B氏が釈放された1999年は事件から10年の節目に当たっていた。しかし、取り調べの中で証拠となり得る材料は出てこなかった。趙はもはや何ら公職をもたない軟禁の身であってみれば、いわば私的な人間関係の範囲内で違法性を問う材料を探し出すのは容易ではなかっただろう。

一方で、中国当局はこのとき、外交上の大きな課題に直面していた。さらなる経済の飛躍を期すために世界貿易機関（WTO）への加盟が至上命題となっており、そのための対外交渉がヤマ場を迎えていた。しかも翌年には新たな多国間の交渉ラウンドが始まり、加入条件が厳しくなるため、99年中の交渉妥結を迫られていたのである。

特に、対米交渉を進展させる重要な使命を帯びた朱鎔基首相の米国訪問が、B氏釈放10日後の4

月６日に迫っていた。米議会では相変わらず、中国の人権問題に対する厳しい声がくすぶり続けており、Ｂ氏の釈放は朱鎔基首相訪米の〝手土産〟という意味合いもあったのである。こうした事情を考えれば、中国が国際人権規約に署名したこともある程度うなずける。結局、趙紫陽問題をめぐり、中国としては確たる証拠をつかめなかったうえ、ＷＴＯ加盟を優先して捜査を断念せざるを得なかったものと思われた。

ただ、趙紫陽ネットワークがこのとき、壊滅的な打撃を被らなかったとすれば、その後も生き延び、拡大している可能性がある。天安門事件は中国共産党にとって永遠に消し去ることのできない汚点であり、いつかは見直しを迫られるであろう。そのときは共産党から「動乱を支持し、党を分裂させる誤りを犯した」との罪状を認定された趙紫陽の名誉が回復されるときである。その日が来るのはいつのことだろう。２０１９年は天安門事件から30年の節目の年であり、趙紫陽生誕１００年でもある。そして何よりも数々の大事件が起きた「９」の年だ。趙紫陽亡き後も、その影は亡霊のごとく共産党政権を悩ませ続けることになるかもしれない。

1 「読売新聞」1987年10月26日付

2 「読売新聞」1997年12月7日付

3 「読売新聞」1998年1月28日付

4 『趙紫陽　軟禁中的談話（軟禁中の談話）』

5 1980年6月、中国世界経済学会と上海社会科学院世界経済研究所が上海で創刊。当初は半月刊、後に週刊に。開明的な編集方針で知られた。

6 石塚迅『中国における言論の自由』

# 終章　習近平政権はどこに向かうのか

## 言論統制の行方

本書では、新聞社の北京特派員時代の体験をもとに、中国の言論統制や日本の中国報道について書いてきた。経験を踏まえて感じるのは、共産党を言論統制に駆り立てている要因のひとつは、大ざっぱに言えば、民意の裏付けなしに権力を握った政権ゆえの後ろめたさからくる恐怖心のようなものではなかろうかということである。

共産党は常に正統性に疑問が投げかけられることを恐れ、正統性を保持することに躍起になっている。そのためのヒット商品は、鄧小平が発明した改革・開放だが、これまでは成果としての経済成長が正統性をある程度は担保することに寄与してきたとはいえ、成長率には陰りが見え始め、先行きどうなるか不透明である。

共産党は一方で、痛いところを衝かれると、甘んじて受け入れるといった寛容さにははなはだ乏しく、逆に反撃に打って出たり、時には力ずくで押さえにかかったりする、のが常である。

当方に対する国外退去処分の遠因にあったと推測する天安門事件は、その最たるものであろう。たとえ共産党に敵対するものではなく、単に、なにがしかの改革を求めるような至極当然と思われる声であっても、それを発する集団が巨大に膨れあがったとき、軍を動員して弾圧することを躊躇しなかった。

数の多さへのこだわりは恐怖の裏返しであろう。中国共産党の党員数は優に中小国の人口を超える1億人に迫る。それでもなお、対抗しうる勢力の出現に神経質になり、人間が群れるのを極度に嫌い恐れていることは、江沢民氏の法輪功に対する仕打ちで見た通りだ。

さて、2期目を迎えた習近平政権のもとで言論統制はどうなるのか気になるところである。

中国共産党の基本路線は「全国の各民族人民を指導し団結させ、わが国を富強、民主、文明、和諧（調和の取れた）の社会主義近代国家へと建設するために奮闘する」[1]ことである。

そのための手段、方策として掲げているのが、「経済建設を中心とする」こと、「四つの基本原則」と「改革・開放」の二つを堅持すること、すなわち「一つの中心、二つの基本点」と呼ばれるものである。中心的なテーマである経済建設を推進するうえで、車の両輪として堅持すべきなのが、改革・開放と四つの基本原則というわけである。

四つの基本原則はすでに見た「社会主義の道」「人民民主独裁」「共産党の指導」「マルクス・レーニン主義と毛沢東思想」を指すが、党規約はこれを「我々の立国の本」と位置づけ、「社会主義近代化建設のすべての過程で四つの基本原則を堅持し、ブルジョア自由化に反対しなければならない」と規定している。したがって、こうした原則に合わない言論を排除すること、すなわち言論統制は共産党にとり自然な成り行きで、通常業務の一つといったところだろう。

ただ、党内にさまざまな意見があるなかで、二つの基本点は、保守派と改革派のバランスを保つために編み出されたといえよう。その時々の政権内における両派の力関係のありようが政権の性格を規定し、改革派が優勢なら政策は「右」（改革志向）に揺れ、その逆なら「左」（「四つの基本原則」に忠実な方向）に揺れる。それに応じて、統制の度合いも緩んだり、締まったりする。

改革・開放直後の党を率いた胡耀邦、趙紫陽時代は前者であるが、その路線は天安門事件で頓挫し、後継の江沢民時代は後者の傾向が強くなる。江沢民氏の後を継いだ胡錦濤時代は、改革を志向する姿勢を見せたものの、引退した江氏の影響力が強かった分、どっちつかずの中途半端に終わった感が否めない。

習近平政権の場合、まずは強権のイメージが際立っている。1期目が終わった段階で早くも自らの思想を党規約と憲法に明記した。国家主席の任期制限を撤廃したのは、毛沢東の個人崇拝への反省から導入された集団指導体制に逆行する動きである。習政権発足後、強権のもとで言論統制が強められているとの観測がもっぱらだ。

最高指導部内の派閥はどういう構成だろうか。２０１７年秋に開催された第19回共産党大会で選出された政治局常務委員7人の顔ぶれは、序列順に現在の肩書きとともに挙げると、習近平（総書

記）、李克強（首相）、栗戦書（全人代常務委員長）、汪洋（全国政協主席）、王滬寧（中央政策研究室主任）、趙楽際（中央紀律検査委員会書記）、韓正（副首相）となった。

このうち、明らかに習派といえるのは、秘書的役割を担った栗氏ぐらいであり、李首相と汪副首相は党の下部組織の共青団派、韓氏は江沢民派、残る王氏と趙氏は中間的な存在との色分けが可能だろう。日本の新聞では、習氏の人事について「自派で固めた」といった報道もあったが、むしろ各派の均衡を保った面がありそうな気がする。

ただ、政権2期目に入る党大会で慣例となっていた後継者となる若手を常務委に加えず、1期目と同様、常務委メンバー数は胡錦濤政権時代の9人から2人減の7人を維持した。さほど派閥にこだわらず、常務委を少数精鋭に絞っているあたりに自信と長期政権への意欲を感じさせる。

2018年に入り、米国から、中国当局がイスラム教を信仰するウイグル族を弾圧していると圧力が高まっている。国際人権団体「ヒューマン・ライツ・ウォッチ」などが指摘しているところによると、新疆ウイグル自治区では2016年頃から多数のウイグル族やカザフ族が再教育施設に収容され、思想教育を受けたり、虐待されたりしているとされる。その数は数十万とも数百万ともいわれる。

批判の先頭に立っているのは、米議会や国務省であり、中国政府関係者に対する制裁発動の声すら出ており、貿易戦争の二の舞を演じる気配が感じられぬでもない。

これに先立ち、自治区では顔認証技術なども使った監視が強まり、区都ウルムチには16万台の監視カメラが設置されたと伝えられていた。

新疆ウイグル自治区は習近平政権が推進する巨大経済圏構想「一帯一路」の陸の起点にあたる。今回の事態が構想推進といかなる関係があるのか不明だが、今後の推移によっては、習政権の看板政策ともいえるこの構想に好ましくない影響を与える可能性もあり得るだろう。

今回の動きは、江沢民政権下の法輪功弾圧を連想させる。弾圧の結果、江氏が今なお批判の大合唱を浴びていることは見たとおりである。ウイグル問題は状況次第で習政権を揺さぶる事態になりかねない。

## 強権に期待できるのか

強権が発動できるのは一方で、それだけ権力基盤を固めたということでもある。権力基盤が強化されたことにより、習近平政権は歴代政権とは明らかに異なる動きを見せている。最大の成果といえるのは反腐敗運動である。「トラもハエもたたく」と、党内の上層から下層まで徹底した腐敗撲滅に大ナタを振るい、不逮捕特権が不文律といわれた〝大トラ〟の最高指導部である政治局常務委員をも摘発できたのはこのためだろう。

江沢民時代の2000年、腐敗に関する書籍を刊行してきた有力出版社が圧力を受けて別の出版社に合併されたことがある。江政権は、汚職にまみれた既得権益層をかばい、腐敗を訴えることがタブー視されたのである。古くは、80年代の指導者も既得権益層の抵抗のすさまじさを「中国では抵抗勢力の力がものすごく強い。私が政治思想工作の改造を提議しただけで、党内が騒然となり、既得権者の省や企業の多くの党委員会書記たちを怒らせた」と嘆いた。[2] 既得権益層の反対が強く、歴代政権が二の足を踏んでいた腐敗にメスを入れた意義は大きい。

習近平氏は2012年11月の総書記就任時の記者会見で汚職撲滅と思想解放・改革開放の堅持を強調している。初めて主宰した政治局の学習会では「腐敗問題を解決しなければ党が滅び、国が滅ぶ」と語った。この発言は胡錦濤前総書記が最後のスピーチで述べた内容と同じである。

つまり、習氏は腐敗撲滅において、前政権を率いた胡錦濤氏の支持を得ながら初志を貫徹したといえる。このことから、習氏の反腐敗運動は、引退後も後継の胡政権に影響力を及ぼした江沢民派をけん制する側面があったと思われる。

これに関連して、江沢民氏と敵対した法輪功に近いメディアグループの大紀元時報がここのところ習近平氏に好意的な報道を流していることが興味深い。例えば、2016年4月に開かれた宗教工作会議について、習氏が信仰の自由を強調したことなどを踏まえ、「法輪功政策が変わるシグナル」との見方さえ打ち出している。党内勢力の確執絡みとはいえ、共産党が自身に批判的なメディアとの関係を好転させているとすれば、従来の一律に排除する姿勢とは一線を画すものとなる可能性が出てくる。

習氏が就任時に語ったもう一つの公約である改革・開放については、2013年11月9~12日に開催された共産党の第18期中央委員会第3回総会（18期3中総会）が習氏の決意表明といえる。3中総会は鄧小平が主導した1978年総会以来、各期で改革に関する政策が打ち出されてきた注目される総会である。

「改革の全面深化における若干の重大問題に関する決定」と題する18期3中総会で採択された文書は約2万1600華字に及び、経済に加え、司法、腐敗、環境、農村、人口、安全保障など多岐にわたる問題についての改革案を示した。

日本のメディア報道はこの3中総会について概して冷淡だったが[3]、専門家の評価は意外と高い。米国では、「（3中総会で出された）大胆な改革案は、新たな中国共産党総書記（習近平氏）の個人的な威信を（就任後）わずか1年で証明した。彼は完全に権力を固め、この十年余りのうちで最も権力をもつ指導者になりつつある」[4]との声がある。

具体的には、「決定」が「資源配分において市場に決定的な役割を担わせる」としたことで、従来、「基礎的」と位置づけられていた市場の役割が格段に高まったこと、国有企業については、「主導的役割」を明記する一方、収益から中央政府に上納する比率を従来の0～15%から2020年に30%へ引き上げるとしたことに注目する。

中央委総会は閉幕日に「決定」のポイントをまとめた短い「公報」（コミュニケ）を出し、数日置いて「決定」の全文を発表するが、メディア報道はコミュニケだけに頼っているため、全容をつかめていないとの指摘がある。

日本の経済専門家は、「公報」と「決定」の内容の落差に着目し、「『公報』で差し障りのない内容を出し、左派（保守派）に配慮した」と見る。[(5)] ただ、「公報」と「決定」の相違は従来からこの程度のものだったようにも思われ、そこまで言えるのかどうか。この専門家はそのうえで、国有企業の公共財政への納付率引き上げに関連し、納付金の一部を社会保障基金に組み入れることで、「国有企業の既得権益にメスを入れた」と評価する。

地味ではあるが、社会主義の根幹に関わる部分であり、保守派や既得権益層から強い抵抗が予想される中で、トップに一段の権力の集中が加わったからこそ踏み込めたことが評価を引き出しているように見える。

## ストロングマン

習近平政権は、強権を増幅させ毛沢東時代のような独裁に戻るのか、あるいは改革を深化させる方向へと脱皮するのか。

権力を一身に集めストロングマンと呼ばれた独裁者が民主化に踏み切った例が、習氏がかつて勤務した中国福建省の隣にある。台湾の蔣介石の息子、蔣経国（1910~1988）である。

蔣介石死去後の1978年、総統の地位に就いた蔣経国は87年に40年間続いた戒厳令を解除し、新聞（報）発行を制限していた「報禁」解除によるメディアの自由化、政党（党）の結成を制限していた「党禁」解除による野党の結成容認などを実現させ民主化を進めた。

背景には、米国や日本との断交に伴う国際的孤立や海外からの民主化圧力の中で国民党の生き残りをはかる必要に迫られた事情があり、世界第2位の大国となった中国とは環境がまったく異なる。だが、第3章で触れた作家の王若望が鄧小平にあてた書簡の中で、蔣経国の名を挙げて民主化実施を求めたように、中華世界では蔣経国の存在感は大きいものがある。

習氏も意識するところがあるのか、2013年10月にインドネシアの国会で演説した際、蔣経国の座右の銘の一節「計利則計天下利」（策略を練る場合は、公の利益を考えねばならない）を引用した。演説は海外の中国語メディアで話題になり、習氏が第二の蒋経国になろうとしているのではないかとの憶測を呼んだ。特に、メディアの側には蒋経国が進めた報道の自由の容認に期待もあるようだ。

共産党独裁に批判的な中国人の中にも楽観的な声が出ている。党の言論・イデオロギーの元締めである党中央宣伝部を徹底的に批判した論考『中央宣伝部を討伐せよ』の著者、焦国標氏は新聞のインタビューで語っている。

> 中国の政局全体の安定の度合いに基づき、開放すべきは絶えず開放されるだろう。最高指導層（習近平）は開放したがっており、全体として混乱をきたさないようにするためにも、彼が比較的安定していると考えれば、メディアも開放される可能性がある。[6]

また、第6章で触れた民主活動家の方覚氏は「習近平の思想的観点は開明的」[7]とコメントしている。1990年代、党内から民主化を求める意見書を党上層部に出した後、民主と自由を求めるという節を曲げずに米国へ事実上亡命した人物だ。習氏が党福州市書記時代、同市計画委員会副主任を務め、習氏をよく知る立場にあった。

こうした期待が出てくるのは、一つには、習近平氏が建国の元勲を父にもつ「太子党（たいしとう）」「紅二代（こうにだい）」

と呼ばれる血筋によるものと考えられる。父親で元副首相の習仲勲は改革・開放初期に広東省で経済特区の建設にも携わった。文化大革命中には批判されて苦難をなめ、80年代、改革派の胡耀邦が保守派の攻撃を受けて総書記解任に追い込まれた際は、胡批判一色の中で胡をかばった硬骨漢として知られる。

太子党や紅二代は、解放戦争を戦った親の話を聞いて育ち、建国初期の貧しくも希望に満ちた生活を体験しことから国を良くしたいという思い入れが強いといわれる。習氏が取り組む反腐敗や「中華民族の偉大な復興」というスローガンには、そうした思いが反映されている。太子党出身の共産党総書記は習近平氏が初めてであり、江沢民、胡錦濤氏らと違い、習氏なら何かをやってくれるのではないかと期待する向きもある。

また、習氏らの世代は文化大革命中に農村に送られ農作業に従事する「下放（かほう）」を体験したことで結束も強いと言われる。習氏は中学卒業後、陝西省北部の農村に送られた。同じ地域で下放を経験した人物に王岐山国家副主席がいる。政権1期目に王氏が党中央規律検査委員会書記として腐敗撲滅運動に辣腕をふるい、盟友ぶりを発揮した背景には当時からの密接な関係がある。

一方で、習近平氏は文革末期の1975年、清華大学化学工業系（学部）に入学するが、文革開始とともに閉鎖された各大学は、この頃になると、下放青年のうち、思想的に「進歩的」と認められた者を推薦で受け入れるようになっていた。いわば推薦入学だが、文革の混乱期だけに、その

〝推薦〟がどこまで公正さを保たれていたのか怪しい。

同時期、派手な女性関係で知られた毛沢東は杭州の若い女優3人やホテルの服務員を北京大学に入学させている。また、密接な関係にあった謝静宜という女性を清華大学の党幹部として送り込み、大学を管理させた。習氏が大学に入学した75年、毛はある政治局員との対話で「裏口をやっている人は何百万もいる……私も裏口を使った一人だ」などと裏口入学を正当化していた[8]。

こうなると、習氏の推薦入学も何やらうさん臭く思えてくる。根拠はないが、かといって正当性を証明する確たる証拠がなければ、灰色である。仮に、裏口で大学に入り、後ろめたさから強権に走るようでは、出自を隠蔽するあまり反日を前面に押し出した江沢民氏に重なる。

中国の場合、言論統制が障壁となって何が真実なのか判断が難しいことがらが多い。期待が寄せられる一方で灰色に包まれた謎も多いのだ。ともあれ、習氏が一部で出ている期待に応えられるのかどうかはまったく見通せないばかりか、伝わってくるのは強権を背景にした異論者弾圧といった強硬派の顔ばかりである。

ただ、中国共産党のような権威主義的な政権においては、強権であるからこそ雑音を気にせずなし得る仕事もある。一例は、対日外交だろう。首脳会談では就任当初に見せた仏頂面が次第に和らぎ、それとともに関係が改善している。中国の上層部からは「(日中関係は)非常によい改善の勢いを見せている」[9]との発言が出ている。平和友好条約の発効から40年となる2018年秋には日本からの7年ぶりの首相公式訪問が実現した。

中国国民の意識にも影響を与えているようで、言論NPOと中国国際出版集団が2018年8～9月に実施した第14回日中共同世論調査によると、相手国に対する印象を「良い」とする割合は「どちらかというと良い」を合わせ、中国人が42・2％で過去最高となった。一方で、日本人は13・1％と昨年から変化はなく、意識の差が広がっている。(10)

結局のところ、習近平政権が「二つの基本点」のうち、どちらに軸足を置くのかは、「一強」と呼ばれ、敵無しに見える習近平氏個人の胸三寸だが、「右」寄りの政策、つまり、改革・開放や自由化を重視する方向に進む可能性があるとすれが、言論の自由のありようが一つのバロメーターになり得よう。

自由化を志向する中国人の間で「言論」の優先度が高いように思うからである。民主化の必要性を訴える文書「零八（08）憲章」の起草に関わって弾圧され獄中死したノーベル平和賞受賞者の劉暁波は、2016年の論文で、「言論の自由こそ民主化の出発点」と書いている。(11)

趙紫陽が主宰した第13回共産党大会報告は「政治体制改革について」の中段あたりで次のように記す。

目下、大衆の権利を侵す現象が依然として起きている。このため、新聞出版、結社、デモなどの権利を保障する法律、人民の申し立て制度を策定し、憲法が規定する国民の権利と自由を保障しなければならない。同時に権利と自由を濫用する行為も法によって制止する必要がある。

報告は基本的人権の保障を制度面から改善するために個別の法律を制定する必要性を提起したのであるが、その第一に「新聞出版」を挙げたことは、言論の重要性を認識してのことだろう。

果たして、こうした見方が習近平氏の今後の政権運営に反映され、習氏は真のストロングマンになることができるのかどうか。改革・開放の方策にしても、打ち上げるだけでは意味はなく、今後いかに実行に移せるかが重要になる。そのためにも2022年までの政権2期目の動向を注意深く見守っていきたいが、その際、先入観にとらわれず、鄧小平も好んだ「実事求是」（事実に則り、事の是非を判断する）の精神が必要だろう。ただし、旧態依然とした人権弾圧が続くなら、毅然として非を鳴らさねばならない。

1　中国共産党規約

2　『趙紫陽　軟禁中の談話』

3　「読売新聞」２０１３年11月15日付社説は「中国３中総会／力による社会安定図る習政権」、「朝日新聞」同月14日付社説は「中国の改革／かけ声で終わるのか」

4　戦略国際問題研究所（ＣＳＩＳ）の中国問題専門家クリストファー・ジョンソン氏

5　津上俊哉『中国停滞の核心』

6　「大紀元時報」２０１５年11月14日

7　「多維新聞」２０１２年12月３日

8　『中国文化大革命「受難者伝」と「文革大年表」』

9　王岐山国家副主席が２０１８年８月24日、日中友好協会会長の野田毅衆院議員と北京で会談した際の発言

10　言論ＮＰＯウェブサイト

11　『天安門事件から「08憲章」へ』

# あとがき

中国から国外退去処分を受けてちょうど10年たった２００８年、北京入りを試みた。５年間の入国禁止期間はその５年前の03年秋に過ぎていた。

北京オリンピックの年のことで、この大イベントに合わせ、中国当局はＰＲに躍起となっていた。大勢の外国人記者を受け入れ、期間中、取材規制を緩和した。対応が寛大になるのではないかと期待したのである。

当時所属していた東京本社調査研究本部の本部長名で取材ビザ発給申請書を作成した。北京の中国総局を通じて中国外務省に意向を伝えてもらうとともに、東京の在日中国大使館に申請書を出した。

中国大使館の担当者は、筆者が中国退去直前に加わった北京駐在日本人記者団によるチベット取材に同行した外交官で、顔見知りであった。申請書類は受け取ったものの、いつまでたっても梨のつぶてで、結果的に無視された。

北京の同僚もいい迷惑だったであろう。忙しい五輪取材の最中に、〝問題〟を抱えた記者に来てもらっては何かと面倒である。事前に、何人かの人物への取材の仲立ちを頼んだが、やんわりと断られたものもあった。

結局、北京入りのもくろみは奏功しなかったが、取材ビザが出なかったことは、私の問題に対する中国側のこだわりの強さを感じさせた。だが、その３年後に北京再訪があっさり実現した。大阪本社で編集委員をしていた２０１１年９月のことで、日本人に認められている観光目的のビザ免除制度を利用した。北京空港の入国管理官に恐る恐るパスポートを差し出し、パンと入国スタンプを押された瞬間、自身の問題がすでに過去のものとなったことを実感した。

さらに６年を経て２０１７年には当局側の招待という予想外の形で上海を訪れたことは本書で述べた通りである。

取材ビザ申請が無視されたのは胡錦濤政権の最盛期、北京再訪が実現したのは後を継ぐ習近平政権が発足する１年前、当局の招きで上海を訪れたのは、習政権の１期目が終わろうとする頃であった。

たんなる事務手続き上の問題かもしれないが、指導部内における力関係の変化が影響しているのではないかとも思われた。中国にはトップの意向次第で些末な問題が左右される摩訶不思議なところがあり、隣国でありながら日本人にはわかりづらい。まさに近くて遠い国である。

本書の冒頭で引いた堀田善衞『上海にて』には、いくつか中国の古い歌が紹介され、堀田自身の訳と思われる日本語訳がついている。国共内戦下で共産党側の若者たちがうたったという歌の出だしはこうである。

安息吧、死難的工友！

（訳 死んでいった労働者仲間の友よ、安らかにやすんでくれ！）

別再替祖国担憂

（訳 われわれがかわって祖国の憂いを担うぞ）

実は、2句目の「別再替祖国担憂」の訳は誤訳である。「別～」は「～するな」という否定表現であり、「これ以上、祖国を憂えないでくれ」といった訳が適当だろう。

また、戦時下で歌われた「漁光曲」という歌の一節はこうだ。

爺爺留下的破漁網

（訳 年老いては網も破れかぶれ）

この訳も誤訳である。「おじいさんが残したボロの漁網」とでも訳すべきだろう。二つの例は、中国語の基本的構造を理解していないためのミスである。

むろん、堀田は中国語の専門家ではなく、フランス文学の大家であって、このあら探しによって偉大なる作家、堀田善衞の評価が揺らぐものではない。

同文同種、同じ漢字を使っているため、日本人は、ともすれば中国語ないし中国がわかったような気になる。ここに落とし穴がある。中国は理解し難い。隣国とはいえ、欧米諸国などと同様、外国として、異文化理解に努めるべきであると、私自身肝に銘じている。

「日本人特派員が中国から追放されるとき、どういう事実があったのかは全く知られていない」

２０１４年9月の日中記者交換協定50周年シンポジウムでこんな指摘が出た。発言者は、中国出身で、東京を拠点に日中交流などに関する書物の刊行に携わっている日本僑報社編集長の段躍中氏である。

こうした疑問や、黙することで生じる誤解を解こうとしたことも本書執筆の動機のひとつである。中国においては、些細なことがらであっても、ボタンの掛け違いのような結果を招きくことがだれの身にも起きる可能性がある。

本書には新聞社勤め35年8か月の卒業論文という思いも込めた。もともと大阪本社出身ながら前半は東京への出向が長かったが、終わってみれば大阪在籍期間が半分強と帳尻が合った感じである。

関東に居を構えたものの、終盤は関西での単身赴任が長くなり、２０１９年春で10年となる。家族には何かと不自由を強いたことを詫びねばならない。

20年前の事案では、多くの方々にご迷惑をおかけし、家族ともども助けていただいた。慌ただしく北京を去り、その後も後始末などに追われ、謝意をお伝えする機会を逸してしまったことを悔いている。

かかわりをもってくださったみなさまにこの場をお借りして感謝とお詫びを申し上げます。

また、出版を引き受けてくださった集広舎代表の川端幸夫氏には本書の構成などについて貴重な助言を与えていただきました。併せてお礼を申し上げます。

なお、登場人物のうち物故者は原則として敬称を省かせていただきました。

中津幸久

２０１９年6月

# 参考文献

## はじめに


・堀田善衛『上海にて』集英社文庫（2008）


## 第2章 国家機密


・デイヴィッド・ワイズ『中国スパイ秘録―米中情報戦の真実』石川京子・早川麻百合訳、原書房（2012）
・『岩波現代中国事典』岩波書店（1999）
・何清漣『中国の嘘 恐るべきメディア・コントロールの実態』中川友訳、扶桑社（2005）
・ロジェ・ファリゴ『中国諜報機関』黄昭堂訳、光文社（1990）
・宮本雄二『習近平の中国』新潮新書（2015）


## 第3章 報道統制下の中国特派員


・矢吹晋編『中国のペレストロイカ 民主改革の旗手たち』蒼蒼社（1988）
・銭鋼『中国傳媒与政治改革（中国メディアと政治改革）』香港・天地図書（2008）
・スーザン・シャーク『中国 危うい超大国』徳川家広訳、NHK出版（2008）
・焦国標『中央宣伝部を討伐せよ』坂井臣之助訳、草思社（2004）

## 第4章 退去命令

・「中華週報」1998年11月5日
・ニコラス・エフティミアデス『中国情報部』原田至郎訳、早川書房（1994）

## 第5章 日本の中国報道

・「諸君！」文芸春秋（1998・12月号）
・袁翔鳴『蠢く！中国「対日特務工作」㊙ファイル』小学館（2007）
・段躍中編『春華秋實―日中記者交換40周年の回想』日本僑報社（2005）
・孫平化『中国と日本に橋を架けた男「私の履歴書」』日本経済新聞社（1998）
・田川誠一『日中交渉秘録―田川日記―』毎日新聞社（1973）
・秋岡家栄『北京特派員』朝日新聞社（1973）
・佐々克明『病める巨象―朝日新聞私史』文芸春秋（1983）
・本多勝一『中国の旅』朝日新聞社（1972）
・田辺敏雄『「朝日」に貶められた現代史―万人坑は中国の作り話だ』全貌社（1994）
・莫言『蛙鳴』中央公論新社（2011）
・「諸君！」文芸春秋（1997・1月号）
・高井潔司『中国文化強国宣言批判―胡錦濤政権の落日』蒼蒼社（2011）

## 第６章 江沢民時代

・小島朋之『中国の政治社会—富強大国への模索』芦書房（２０００）
・馬立誠・凌志軍『交鋒 改革・開放をめぐる党内闘争の内幕』伏見茂訳、中央公論新社（１９９９）
・遠藤誉『チャイナ・セブン〈赤い皇帝〉習近平』朝日新聞出版（２０１４）
・国分良成『中国政治からみた日中関係』岩波書店（２０１７）

## 第７章 趙紫陽の影

・宗鳳鳴『趙紫陽 中国共産党への遺言と「軟禁」15年余』高岡正展編訳、ビジネス社（２００８）
・趙紫陽・バオ・プー他『趙紫陽極秘回想録』河野純治訳、光文社（２０１０）
・石塚迅『中国における言論の自由—その法思想、法理論および法制度—』明石書店（２００４）」

## 終章 習近平政権はどこに向かうのか

・津上俊哉『中国停滞の核心』文春新書（２０１４）
・劉暁波『天安門事件から「08憲章」へ』劉燕子編、藤原書店（２００９）
・王友琴・小林一美・安藤正士・安藤久美子共編共著『中国文化大革命「受難者伝」と「文革大年表」—崇高なる政治スローガンと残酷非道な実態』集広舎（２０１７）

**中津 幸久**（なかつ ゆきひさ）
1958年三重県生まれ。広島大学総合科学部卒（アジア地域研究専攻）。1983年読売新聞大阪本社入社。上海、香港、北京、シンガポール各特派員、東京本社国際部次長、同調査研究本部研究員、大阪本社記事審査部長、広島総局長、大阪本社編集委員などを歴任。2018年11月定年退職。現在、関西外国語大学職員。共訳書『わが父・鄧小平 文革歳月』（2002年、中央公論新社）、論考「五輪後の胡錦濤政権浮揚はなるか～注目される〈思想解放〉の行方」（『読売クオータリー』2008年秋号）

北京1998 — 中国国外退去始末記
令和元年（2019年）6月 4日 第1刷発行

著者 中津 幸久
発行者 川端 幸夫
発行 集広舎
〒812-0035 福岡市博多区中呉服町5番23号
TEL: 092(271)3767 FAX: 092(272)2946

装丁・組版 月ヶ瀬 悠次郎（Atelier de Reve）
印刷・製本 モリモト印刷株式会社


ISBN978-4-904213-74-2 C0036